DR. MED. MANFRED RIST

Die Wunderwelt der Ernährung

Ham und **Sterchen**

das putzige Hamster-Geschwisterpaar

bringt Kindern und Jugendlichen

die Grundlagen der Ernährungsbestandteile bei.

Lesealter: ab dem 12. LJ

Die Wunderwelt der Ernährung

DR. MED. MANFRED RIST

Impressum

Bibliografische Information der Deutschen Nationalbibliothek:
Die Deutsche Nationalbibliothek verzeichnet diese Publikation
in der Deutschen Nationalbibliografie;
detaillierte bibliografische Daten sind im Internet über
dnb.dnb.de abrufbar.

Die automatisierte Analyse des Werkes, um daraus Informationen
insbesondere über
Muster, Trends und Korrelationen gemäß $44b UrhG
(„Text und Data Mining") zu gewinnen, ist untersagt.

© 2024 Dr. med. Manfred Rist, Köln
1. Auflage
Herstellung und Verlag:
BoD - Books on Demand,
Norderstedt

ISBN: 978-3-75-836703-8

Email: hamari22@web.de
https://www.facebook.com/manfred.rist.16

Lfd.Nr.	INHALT	Seite

EINLEITUNG

Zwei glückliche und fröhliche **Gold-Hamsterchen**
namens "Ham und Sterchen" leben in einer 5-köpfigen Familie,
2 Erwachsene und 3 junge Kinder.
Die fürsorglichen Kinder lieben Ihre anhänglichen Tierchen über alles.
Besonders glücklich ist Tochter Lena mit ihnen, weil sie soooo putzig sind und deren Späßchen Lena fast jeden Tag während der Futtergabe zum Lachen bringen.
In Ihrem großen Hamsterkäfig mit einem viel genutzten Laufrad und einem Doppelhäuschen werden die Tiere liebevoll gepflegt und stets reichlich und pünktlich mit Futter versorgt.
Aber auf die Dauer kann auch die beste Hamsternahrung ein wenig langweilig sein, insbesondere dann, wenn die Hamster tagein, tagaus erleben, dass die Familie und besonders die Kinder oftmals kauend an ihnen vorbeilaufen.
Dann nämlich begleiten allerlei verführerische Düfte deren Weg am Hamsterkäfig vorbei. Bisher hatten sie sich darüber noch kaum Gedanken gemacht, denn offenbar ist in Ihrem Futter alles enthalten, was die Hamster zum Leben brauchen.
Doch was gibt es für die Ernährung der Kinder zu beachten und warum?
Also schlägt Ham in rebellischem Ton vor und schaut dabei seine Schwester Sterchen eindringlich an:
„Sterchen, lass uns beide bald mal in die hauseigene Speisekammer schleichen, um uns dort ein ganz klein wenig umzusehen.
Ich bin schon lange neugierig, was dort alles gelagert ist und ganz nebenbei finden wir vielleicht heraus, was denn für die Ernährung der Kinder wichtig ist.
Vielleicht gelingt es uns ja dort Näheres zu erfahren. Ich glaube, es wäre soooooo schön, hinterher gemeinsam mit den Kindern über unsere Nachforschungen zu deren *Futter* zu reden."
„Ham",
flüstert Sterchen,
das heißt nicht Futter, sondern die Kinder nennen das Ernährung, Lebensmittel oder Nahrung.
„Und, fährt Ham aufgebracht fort,
für uns würde sich endlich einmal die Gelegenheit bieten, etwas ganz besonders Leckeres zu stibitzen, quasi wir beide als die Testesser,"
ergänzte er leicht verschlagen.
„Einverstanden," jubelt Sterchen ebenso aufgeregt,
sodass Ihre Hamsterfühlerhaare links und rechts des Mundes rauf und runter wippten, wie bei einem Dirigenten der Taktstock. Gesagt, getan!
Und schon hecken die beiden einen tollen Plan für Ihr Vorhaben aus.

Und so wollen sie es machen.
In unbemerkten Momenten, quasi heimlich,
wenn die ganze Familie das Haus verlassen hat, wollen sich die beiden in die übervolle, chaotisch sortierte Speisekammer schleichen. Dort wollen sie sich dann umsehen, Erfahrungen sammeln und vielleicht ergibt sich ja dabei die Gelegenheit, so ganz nebenbei reichlich "Hamsterbeute" zu machen.

Da die Familie täglich immer zur gleichen Zeit von Ausflügen oder Einkäufen aus der nahen Stadt zurückkommt,
haben sich die beiden überlegt und vorgenommen,
eine Woche lang immer in der Abwesenheit der Familie die Speisekammer "heimzusuchen".

Am Montag der folgenden Woche verlassen beide zur abgesprochenen Zeit aufgeregt vor Freude das Hamsterhäuschen, um Ihren Plan mit Leben zu Füllen.

Vor der Speisekammer stehend schauen beide von unten nach oben auf die mächtige Holztür und ein in die Jahre gekommenes Schild, das mittig an einem Nagel hängt.
Auf ihm steht in Großbuchstaben geschrieben:

"TÜR - IMMER GESCHLOSSEN HALTEN"

Trotz mancher eindringlicher Ermahnung der Mutter - diese immer geschlossen zu halten – war sie für gewöhnlich stets offen und auch dieses Mal war die Tür einen Spalt weit geöffnet.

Schwups sind beide hineingehoppelt.
Sogleich beginnen sie hektisch in der würzigen Luft zu schnüffeln und werden beinahe von der Vielfalt an unwiderstehlichen Düften und Gerüchen vielerlei Leckereien erschlagen. So manch verführerischer Duft hat sich bereits fest in die Speisekammerluft eingebrannt.
Ihre Blicke erfassen rasch das Wesentliche.
Die unlängst gut gefüllten Regale waren früher einmal sauber beschriftet, in der Absicht,
alle Lebensmittel rasch zu finden; auch waren sie einmal nach Lebensmittel-Gruppen sauber sortiert.
Aber mit den Jahren hat jeder aus der Familie dazu beigetragen, dass man aus Bequemlichkeit die Ordnung aufgegeben und dem Chaos einen Platz gegeben hat.
Disziplin und Ordnung halten ist halt so`ne Sache.
Die beiden Hamster hätten sich früher darin gut zurechtfinden können,
aber jetzt?

Käsebröckchen bedecken den Holz-Boden, Honig tropft aus einem geöffneten, umgekippten Glas von einem der Regalböden, Mehl ist aus einer großen, beschädigten Tüte ausgestreut.

Auch stehen verschiedene Getränkekästen unsortiert herum und vieles mehr.
All das trägt zu einer großen Unordnung, eben einem echten Chaos bei.

Aus diesem Grund fällt es beiden erst einmal schwer, eine Auswahl der wichtigsten Lebensmittel zu treffen
und
ein weiterer viel wichtigerer Grund ist der,
dass beide eigentlich nichts, aber auch gar nichts über diese Art Nahrung wissen.
Also wollen sie vor dem so sehnlichst gewünschten und erhofften Genuss der Leckereien erst einmal in Erfahrung bringen, um welche Art Futter ehh ..
Lebensmittel es sich für die Menschen eigentlich handelt.
Bloß,
wie erfahren sie das? Wie bekommen die beiden das heraus?
Ratlosigkeit macht sich breit.
Habt Ihr denn **dazu** eine Idee?
Also stellt Sterchen fest:
„Das ist ja alles schön und gut Ham. Wir könnten nun hier und da was Leckeres probieren, aber am Ende wissen wir dann auch nur, was von alledem lecker ist, aber
wir erfahren beim Naschen noch lange nicht, aus welchen Nährstoffen zum Beispiel der leckere Honig besteht, von dem der Vater der Familie genüsslich schwärmt."
Die Frage ist doch und Sterchen gibt daher zu bedenken.
„Was also ist Honig? Was ist das Geheimnis in seinem Innersten?"
„Doch das wissen wir",
widerspricht Ham vehement und wie so oft ein wenig unüberlegt
„wenn ich den Honig nasche, weiß ich doch, dass es Honig ist."
„Ham Du Dummchen", ruft Sterchen mitleidig und fragt Ham daher:
„dann erklär mir doch mal, was genau ist denn Honig?"

Ham scheint die Frage nicht ganz verstanden zu haben. Er ist verwirrt und sein Gesicht gleicht mehreren Fragezeichen, weswegen Sterchen unbeeindruckt fortfährt und Ihren schönen Hamsterkörper aufrecht in den Raum stellt.
Sie hebt Ihre rechte Pfote und fragt Ham sehr aufrichtig:
„Wie also erfahren wir mehr über Honig und andere Lebensmittel?
Wie stellen wir das an?"
Sterchen schaut dabei Ham eindringlich in die Augen und fährt fort,

„was ist gesund und schmeckt auch noch gut?
Was gibt Kraft, macht nicht dick, hält fit,
ja und warum?"
Fragen über Fragen. Angesichts so vieler offener Fragen schleicht sich Enttäuschung ein. Ratlos schauen sich die beiden tief in die weit aufgerissenen Augen.
Doch Hamster wären keine Hamster, wenn sie nicht über die Fähigkeit verfügen würden, immer wieder eine Lösung zu finden. Da fällt auch schon, wie durch Zauberhand ein kleines Büchlein in Ihre knopfrunden, schwarzen Augen,
das wie vergessen, an einer Kordel von einem der Regalstützen bis zum Boden baumelt.
Es wirkt leicht in die Jahre gekommen, also eher abgenutzt als ausgelesen.
Auf ihm steht geschrieben:

Die Wunderwelt der Ernährung

„Wow",
sagt Ham und setzt sich auf seinen dicken Hintern und spitzt seine zwei Schneidezähne. Er macht dabei schmatzende Bewegungen und putzt sich mit den Pfoten das Gesicht. Hierbei beginnen jetzt auch bei ihm die feinen Härchen an seinen Mundwinkeln vor Freude und Erregung über Sterchens Klugheit auf und ab zu wippen.
„Das hat hier bestimmt jemand vergessen! Haben wir ein Glück",
sagt er zu Sterchen
„na, dann wollen wir doch mal sehen, was denn da geschrieben steht."

Beide beginnen nun interessiert, gemeinsam die 1. Seite des Büchelchens aufzuschlagen.
Sie blättern weiter und immer weiter.
Nach einem ersten gemeinsamen Eindruck nehmen sie sich daraufhin vor, in der gesamten folgenden Woche
Tag für Tag
Seite für Seite
aufmerksam durchzublättern, zu lesen und alles zu lernen.
„Mal lese ich, mal liest Du",
schlägt Ham vor und grinst dabei.
„Ne ne mein Lieber, ich weiß schon, wie das läuft", sagt Sterchen zielsicher.
„Das bleibt doch mal wieder an mir hängen",
bremst Sterchen Ihren Bruder gekonnt aus,

„Du hast für einen solchen Lesemarathon einerseits nicht die dafür nötige Geduld und andererseits bist Du im Lesen nicht gut genug. Deine Art vorzulesen klingt eher holprig und lenkt vom Wesentlichen ab.
Nichts für ungut
aber es soll ja für uns beide zu etwas führen."

Obwohl das soeben Gesagte nicht gerade nach einem Kompliment klang und Ham eigentlich hätte eingeschnappt sein müssen, stimmt er eilig zu,
bevor es sich Sterchen anders überlegt und bemerkt:

„Einverstanden Sterchen, Du hast recht. Dafür darf ich aber schon mal von etwas meiner Wahl probieren, nur ein kleines, winzig kleines Häppchen."
Wortlos mit einer großzügigen Miene versenkt sich Sterchen in die ersten Buchstaben,
blättert die leicht verstaubten Anfangsseiten auf und wendet Ihren Blick erneut Ham zu:
„Ham, schau mal,
ganz zu Beginn findet sich eine Seite, die mit Inhaltsangabe überschrieben ist. Sie benennt alle Themen, die der Autor, der das Buch geschrieben hat, für uns alle als besonders wichtig erachtet."
Sterchen liest nun die Inhaltsangabe langsam vor:

Einleitung:

Tag 1 Montag: Die Wunderwelt der Ernährung:allgemeine Begriffe
Tag 2 Dienstag: Spurenelemente und Mineralien
Tag 3 Mittwoch: Fett
Tag 4 Donnerstag: Eiweiß (Proteine)
Tag 5 Freitag: Zucker (Kohlenhydrate),Ballaststoffe und Vitamine
Tag 6 Samstag: Flüssigkeiten, Duft- und Geschmacksstoffe
Tag 7 Sonntag: Erholung und das Essen genießen.

„Mein lieber Hamster,"
sing-sangt Sterchen,
„ist das viel zu lesen und erst einmal zu lernen!
Aber das ist ganz bestimmt echt cool und wir beide sind hinterher ganz sicher die ersten Hamster als Ernährungs-Experten."

Sterchen ergänzt dann noch eine Anmerkung des Autors.
Meine Idee für Euch alle ist diese:
Wenn Ihr durchhaltet und am Ende alles gelesen und verstanden habt, werdet Ihr genau wissen, was in eurem Essen enthalten ist. Ihr habt dann alle begriffen, wozu es gut ist, die Nährstoffe in unserer Nahrung

vollständig zu kennen. Ihr könnt Euer Wissen tag-täglich überall anwenden und werdet Euere Fähigkeiten immer mehr steigern.

Ja, und wer noch mehr Interesse daran gefunden hat, kann sich mit diesen Grundlagen über das Internet in Büchern etc. zum echten Experten weiter entwickeln.

„Wenn wir das in dieser Woche alles gelesen haben", ruft Ham

„freue ich mich schon jetzt auf den 7. Tag der Woche, den Sonntag. Er wird unser wohl verdienter Ruhetag.

Wir haben dann nach Ablauf einer ganzen Woche so viel über unsere Nahrung erfahren, dass wir uns die eine oder andere besondere Leckerei verdient haben.

Wir lassen dann alles mal sacken, können dabei genüsslich miteinander unsere "Beute" essen. Für den Rest des Sonntags ruhen wir uns dann nur noch aus. Kein Hamsterrad, nichts aufräumen, gar nichts mehr tun, nur noch ausruhen."

Nun beginnt Sterchen leise und deutlich vorzulesen.

Tag 1 - Montag

Thema:
Die Wunderwelt der Ernährung - allgemeine Begriffe

Schlüsselwörter - keywords
Luft, Luft als Gasgemisch, Wasserstoff, Sauerstoff, Kohlendioxid, Stickstoff, Wasser H_2O, Photosynthese, Atom, Element, Periodensystem, Molekül, chemische Verbindung, Umwelt, Mikroskop, Mineralien, Eiweiß, Kalorie, Energie, notwendige Energie, Energiedepots, Grundumsatz bzw. Grundenergie, Arbeitsenergie, Organ, Hunger.

Allen, die jetzt dieses Buch in den Händen halten, sei hoffnungsvoll zugesichert, dass Ihr echt eine Menge mehr über eure Ernährung wissen werdet, wenn Ihr dieses Büchelchen gelesen und das Geschriebene verstanden habt.
Aber
es soll Euch - neben der damit verbundenen Mühe - mit ein wenig Spaß leichter fallen, klüger zu werden.
Damit das auch gelingt, ist das Wissenswerte mit lustigen Situationen unserer beiden Hamster aufgelockert.
Es wird dadurch besser in eurer Erinnerung verbleiben.

„Hey Ham, der Autor schreibt von uns!"
Und weiter gehts:
Ich werde Euch ab jetzt an die Hand nehmen und mit Euch gemeinsam Schritt für Schritt,
gut verständlich
durch dieses Buch führen.

Zu Beginn möchte ich mit Euch ganz unkompliziert in das Thema einsteigen und sehen, ob Ihr denn bereits wisst, aus welchen verschiedenen Einzelteilen unsere Nahrung besteht.

„Also hör gut zu Ham, denn der Autor meint das nicht so, wie Du das bisher bereits mit diesen Worten kommentiert hast:
Das ist echt lecker, schön bunt, süß oder sauer, nein er meint:
Was genau ist das Geheimnis im Innersten unserer Nahrung?
Dieses Beispiel macht die Frage verständlicher."

Ist im Honig Eiweiß oder nicht und was ist eigentlich Eiweiß?

Und woraus besteht

eine Tomate, die Pizza, ein Stück Käse, Euer Lieblingsbrot, die Limo, das Wasser, usw. ?

Ihr schaut Euch ratlos an?

Ok, los geht's. Bringen wir Licht ins Dunkel.

Nun, alles, was Ihr um herum sehen könnt, ist entweder flüssig oder ein Feststoff.

„Und was ist mit der Luft?" ruft Ham altklug, aber diesmal sehr passend dazwischen.

„Nun warte doch," bremst Sterchen Ihren Bruder und liest weiter: Vergesst nicht die gasförmige Luft. Ein Teil von ihr ist streng genommen eigentlich ein Teil der Nahrung, wird aber nie als solches erwähnt. Dazu später mehr.

Ihr könnt die Luft aber in aller Regel nicht sehen, und warum nicht?

Weil sie farblos und dadurch quasi durchsichtig ist! Die Luft um uns herum ist aber ganz besonders wichtig und im Besonderen Ihre Qualität!

Mit Ihr ist es wie mit der Nahrung.

Je weniger man ihre Reinheit verändert, umso gesünder ist sie. Man könnte sie dann eigentlich auch BIO-Luft nennen.

Was also ist dran an all diesen Begriffen? Was bedeuten sie?

Ihr werdet bald schon mehr dazu sagen können.

Dann ist das aber Euer Wissen über eine Sache und nicht ein wages Gefühl, eine Vermutung oder ein Glaube.

Ihr wisst es dann sogar besser als manche Erwachsene.

Das ist aber keine Besserwisserei.

Sondern dieses Wissen kann auf lange Sicht über eure eigene Gesundheit und eure Lebensqualität im Laufe der Zeit entscheiden.

Also, ich will Euch das mal so erklären:

Ihr alle seid eingebunden in die vielfältigen Vorgänge der Natur und lebt stets in einem lebendigen Austausch mit ihr.

Unbemerkt atmet Ihr über eure Lungen den Sauerstoff, der in der Luft enthalten ist und denkt Euch nichts dabei. Doch woher kommt dieser Sauerstoff?

Dieser Sauerstoff wird von den Blättern aller Pflanzen produziert. Genauer gesagt vom Chlorophyll dem natürlichen Blattfarbstoff. Der dazu notwendige Weg im Stoffwechsel, der das ermöglicht, wird Photosynthese genannt.

Habt Ihr vermutlich alle schon gehört?

Wenn nicht, dann ist das schon ein Begriff, den Ihr nachlesen könnt. Es lohnt sich ganz sicher! Die Photosynthese ist ein sensationelles biologisches Phänomen.

Wenn wir Menschen in der Lage wären, selber Photosynthese zu machen, wie die Pflanzen, ja das wäre ein Ding!

Also, worum geht es dabei konkret? Was passiert da genau?

Die Blätter der Pflanzen und Algen verwenden Tageslicht,

das Gas Kohlendioxid aus der uns umgebenden Luft und Wasser aus der Erde zur Herstellung zweier wirksamer Stoffe.

Mit diesen "Zutaten" und dem Blatt-Chlorophyll werden Zucker und Sauerstoff hergestellt.

Der Zucker dient der Pflanze als Energieträger, um zu wachsen. Der lebensnotwendige Sauerstoff wird an die umgebende Luft abgegeben, den alle Lebewesen über ihre Lungen in den Blutkreislauf aufnehmen.

Besonders viel Sauerstoff befindet sich in blattreicher Umgebung wie dem Wald.

Alle Pflanzen, wie auch Tiere und wir Menschen, zerfallen nach einer gewissen Zeit nach dem Tod wieder. Die dabei frei werdenden festen Stoffe gehen alle erneut in die Erde über. Sie dienen über das Wurzelwerk neuen Pflanzen als Nahrung. Tiere und Menschen wiederum essen diese Pflanzen. Ein ständiger Kreislauf.

Die Menschen sprechen gerne nichtssagend von der Umwelt, in der dies **alles** passiert. **D**iese sei irgendwo dort draußen.

Richtig ist aber, die Umwelt ist überall,

denn wir alle bilden die Umwelt und sind gleichzeitig ein Teil der Umwelt. Auch die Tiere, die Pflanzen, Mikroorganismen und feste Bestandteile wie Mineralien sind ein Teil der Umwelt.

Wie gesagt, alles was Ihr essen könnt, ist im Laufe der Zeit direkt oder indirekt ein Produkt unserer Böden.

Dies gilt für Tiere zu Land, im Wasser und in der Luft und natürlich auch für deren Produkte, also Fleisch, Wurst, Käse usw.

Es gilt auch für Pflanzen und deren Produkte, wie:

Obst, Salat, Gemüse, Wurzeln, Pilze usw.

Betrachten wir nun einmal ganz konkret unser Essen mit seinen kleinsten Anteilen.

Ich spreche nicht von Essenkrümmelchen, die auf dem Tischtuch liegen.

„Hör gut zu lieber Ham"

unterbricht Sterchen und fährt fort.

Ich spreche von den allerkleinsten Teilchen, die sich darin verbergen. Diese Teilchen, aus denen alles, was es auf der Erde gibt besteht, nennen wir Elemente.

Diese Elemente könnt Ihr chemisch nicht mehr weiter teilen.

Zum Beispiel
heißen die Elemente, aus denen das Trinkwasser besteht:
Sauerstoff (2 Elemente) und Wasserstoff (1 Element).
Vergessen wir hierbei einmal die Mineralien wie Natrium, Kalium, Calcium, Magnesium usw., die im Wasser gelöst sind.
Die Namen habt Ihr ja bestimmt alle schon mal gehört?
Wisst Ihr denn um deren Bedeutung?
„Klar",
ruft Ham und unterbricht einmal mehr ganz stolz den Vortrag.
„Ham",lenkt Sterchen genervt ein,
„die Kinder sind gemeint, nicht Du, aber gut, wenigstens bist Du hellwach und liest weiter."
Im Innersten dieser Elemente, beispielsweise dem Element Wasserstoff, gibt es aber noch kleinere Teilchen.
Ihr habt vielleicht alle schon mal davon gehört.
Wir nennen sie die Atome.
Da es verschiedene Elemente gibt, gibt es auch verschiedene Atome. Darin unterscheiden sich die Elemente voneinander.
Alle diese Teilchen sind winzig klein.
Man kann sie mit bloßem Auge nicht sehen. In früheren Zeiten, viele Jahre zuvor wußte niemand auf der Erde von deren Vorhandensein. Sie waren für die Menschen quasi nicht existent.
In Ausnahmefällen kann man Elemente mit dem bloßen Auge sehen. Das klingt fast wie Zauberei.
Es geht aber nur,
wenn ganz, ganz viele gleiche Elemente zusammentreffen, beispielsweise in einem Goldbarren.
Der besteht nämlich ausschliesslich aus Gold-Elementen und ist mit bloßem Auge zu sehen.
Sind es aber nur ganz wenige Gold-Elemente oder ein Einzelelement
und
sind diese auch noch viel kleiner als ein Staubteilchen, was macht Ihr dann, um sie sehen zu können?
Dann braucht Ihr ein technisches Geräte zur Vergrößerung um es mit euren Augen sichtbar zu machen.

„Was denn für ein technisches Gerät?", drängelt Ham ungeduldig.
„Nun warte doch", ruft Sterchen.

Ein solches Gerät könnte ein Vergrößerungsglas, auch Lupe genannt, sein. Sie wird aber noch nicht ausreichend vergrößern.
Oder man benutzt ein Mikroskop, was übersetzt so viel heißt wie "Kleines sichtbar machen."

Davon habt Ihr alle sicher schon gehört bzw. ein solches gesehen. Wenn aber auch ein Mikroskop nicht ausreicht, um Teilchen sichtbar zu machen, „Dann blasen wir Luft in sie hinein, wie in einen Luftballon, damit sie größer werden", ruft Ham schon wieder ungebremst, aber dieses Mal ziemlich unsinniges Zeug.

Daher liest Sterchen einfach weiter.
Damit Ihr Euch das besser vorstellen könnt, um es zu verstehen, gebe ich Euch ein Beispiel.
Ihr kennt doch alle Puderzucker?
Wenn Ihr jetzt ein winziges Körnchen Puderzucker unter dem Mikroskop betrachtet, dann wird das Körnchen aus Puderzucker um ein Vielfaches vergrößert,
es wäre dann, na, sagen wir faustgroß.
Jetzt stellt Ihr Euch einmal ein noch kleineres Puderzuckerkrümelchen vor, das Ihr fast schon nicht mehr sehen könnt. Jetzt legt Ihr es auf einem Glasplättchen unter das Mikroskop und beobachtet es.
Was passiert mit ihm?
Richtig, es wird vom Mikroskop vergrößert und jetzt durch die Optik gut sichtbar gemacht.
Mit einem echten realen Element ist das nicht mehr möglich und warum?
Weil ein echtes Element noch viel, viel, viel kleiner ist und nicht einmal mit einem sehr empfindlichen Mikroskop zu sehen ist.
Das machte es daher erforderlich, weitere, noch viel empfindlichere technische Geräte zu entwickeln, um auch die kleinsten Teilchen für Euch sichtbar zu machen.

Wenn Ihr das alles noch genauer wissen wollt, könnt Ihr dazu in Büchern der Chemie und Physik bzw. in den verschiedensten Technik-Büchern eine Menge nachlesen.

„Das habe selbst ich verstanden",
sagt unser Ham und reibt sich dabei die großen Hamster Knopfaugen.
Sterchen, unbeeindruckt von Hams vorlauter Bemerkung, liest einfach weiter, hat aber bereits registriert, dass Ham sich beide Augen mächtig gerieben hat. Sterchen kennt das bei Ihrem Bruder. Es deutet darauf hin, dass Ham beginnt, müde zu werden.

Trotzdem, weiter gehts ein bisschen noch:
Luft,
die wir alle ein- und ausatmen und für gewöhnlich nicht sehen können, besteht überwiegend aus einem einzigen Element:
Nein, nicht Sauerstoff,

sondern Stickstoff. Habt Ihr das gewußt?

„Wer, sagt das?", ruft Ham ungläubig.

„Sei doch bitte still", antwortet Sterchen leicht säuerlich.

„Hör doch bitte erst einmal aufmerksam zu, wies`weitergeht."

Manche Menschen glauben, Luft sei das Gleiche wie Sauerstoff, aber das stimmt nicht.

Die Luft ist ein Gasgemisch
und sie besteht nur zu 21% aus reinem Sauerstoff.

Also, das ist nur ein Fünftel der Luft auf Meereshöhe.

Die restlichen 79% sind Edelgase und einige andere Elemente wie zum Beispiel das Gas CO_2, auch Kohlendioxid genannt.

Davon habt Ihr sicher alle schon im Zusammenhang mit den vielen Berichten zum Klima gehört, wenn es um Treibhausgase und den Klimawandel geht.

CO_2 ist aber kein Element, sondern eine chemische Verbindung zweier Elemente. Ein sogenanntes Molekül, das durch die Verbindung von Kohlenstoff mit Sauerstoff, also zweier Elemente, entstanden ist.

Ein Molekül ist also eine chemische Verbindung, entweder von einem gleichen Element mit einem weiteren gleichen Element oder mit vielen ganz verschiedenen Elementen und das fast ohne Zahlenbeschränkung.

Dadurch, dass sich Elemente miteinander verbinden können, entstehen ganz neue unterschiedliche Stoffe wie z.B. das Eiweiß, das wir zu einem späteren Zeitpunkt im Buch noch genauer kennenlernen werden.

Von diesen einzigartigen verschiedenen Elementen sind bis heute 118 bekannt. Sie werden im sogenannten Periodensystem der Elemente nach einem logischen Ordnungsprinzip aufgeführt. Die Anordnung der Elemente folgt deren Kernladungszahl.

Alle Elemente wurden in der Vergangenheit von klugen Wissenschaftlern/-innen in wissenschaftlichen Experimenten entdeckt. Sie sind also nicht die Erfinder, sondern Entdecker der Elemente, die immer schon auf der Erde und im Universum vorhanden waren.

Sie mussten halt einfach nur entdeckt werden.

Vielleicht werdet Ihr ja in naher Zukunft auch Wissenschaftler/-in und entdeckt weitere Elemente, um ihnen dann euren Namen zu geben.

Ihr kennt sicher einige der bereits gekannten Elemente?

„Ham, jetzt bist Du mal wieder dran. Warum heißt der Goldhamster Goldhamster?", fragt ihn Sterchen.

„Weil er goldig ist", ruft Ham.

„Ja, vielleicht auch deswegen, aber ganz sicher, weil sein weiches, wunderschönes Haarkleid an den Glanz von Gold erinnert, nicht aber weil er aus Gold ist.

Dann wären wir auch zu schwer und wertvoll und viele würden Jagd auf uns machen." Na, vielleicht wären wir schon längst ausgestorben und wir könnten hier nicht vorlesen.

Also

Gold, Silber, Eisen, Kupfer, Platin und weitere Elemente sind Beispiele. Diese gehören im Periodensystem zur Gruppe der Metalle, von denen Ihr alle sicher schon gehört habt.

Nochmals: Alle bis heute bekannten verschiedenen Elemente sind auf einer Tafel verzeichnet, die man Periodensystem nennt.

Sie werden mit der Abkürzung Ihres lateinischen Namens aufgeführt.

Um beim Beispiel Gold zu bleiben: Gold heißt im Lateinischen Aurum und die Abkürzung im Periodensystem ist: Au.

„Auweia", ruft Ham und lacht über seinen eigenen Wort-Witz.

Wenn sich nun verschiedene Elemente miteinander verbinden, dann bilden sich neue Stoffe, die wir bereits als Moleküle kennengelernt haben. Ihr lernt das noch ausführlicher in der Schule im Unterrichtsfach Chemie.

Es gibt eine wirklich unendliche Vielzahl solcher Verbindungen.

Ein weiteres Molekül ist das Molekül Wasser, das für uns alle das wichtigste Lebensmittel ist, im wahrsten Sinn des Wortes, aber darüber hört Ihr später im Buch noch mehr.

Ohne Wasser geht gar nichts!

Denn wir Lebewesen bestehen zum größten Teil aus Wasser!

Hättet Ihr das gedacht?

Man sieht es oftmals nicht, da Wasser vielfältig chemisch gebunden vorliegt.

Wasser nennt man in der Biologie oder der Chemie: H_2O.

Wie Ihr seht,

es besteht aus 2 verschiedenen Elementen:

Dem Sauerstoff und

dem Wasserstoff.

Und so gibt es eine unendliche Vielzahl an Verbindungsmöglichkeiten der Elemente miteinander.

Das Ergebnis dieser Vielfalt an chemischen Verbindungen ist das, was Ihr alle um Euch herum auf der Welt sehen könnt:

Eure Nachbarn, die Natur, Tiere und Pflanzen, die Städte, das Meer, Wälder, Steppen, die Berge, Sand und alles andere.

Damit all das entstehen konnte und immer wieder neu entsteht, ist Energie nötig.

Und so ähnlich ist es auch mit der Entstehung und dem Wachstum von unserem Körper von Beginn an als Baby.

Was musste denn geschehen, dass wir von klein an wachsen konnten?

Die Natur stellt die Nahrung zur Verfügung. Die schwangeren Mütter haben sie gegessen, in ihrem Stoffwechsel zu Nährstoffen umgewandelt und über das Blut in der Nabelschnur der placenta und damit dem Säugling zugeführt.

Die Umwandlung der Nahrung in unserem Körper und die sich dabei verändernden Stoffe setzten Energie frei und lassen uns wachsen. Was sich aus den Nahrungsstoffen entwickelt und in welchem Umfang, also z. B. wie groß jemand wird, welche Haarfarbe er erhält, ob er muskulös oder eher schmächtig wird, das bestimmen unsere Gene im Zellinneren.

Aber zurück zur Nahrung.

Unsere allererste Nahrung bekamen wir also im Mutterleib über den Blutkreislauf der Mutter durch ihre Gefäße in der Nabelschnur der Gebärmutter, die Placenta genannt wird.

Als wir dann geboren waren, haben wir nach und nach gelernt, täglich Nahrung, je nach Alter das Richtige und die richtige Menge zu essen und zu trinken.

Anfangs war unser Essen mehr flüssig, doch mit der weiteren Organentwicklung und dem Entstehen der ersten Zähne konnten wir auch feste und später sogar harte Nahrung zu uns nehmen und verdauen.

Das ist schon ein Riesenwunder.

Ja, und damit sind wir bei der zugleich schwierigsten Frage in diesem Büchlein.

Warum essen wir?

Die Frage wurde zuvor schon einmal kurz gestreift.

„Klar, weil Essen schmeckt … und lecker ist",

gibt Ham mal wieder zum Besten.

„Ja, ja schon….. ,

aber das ist ja noch nicht alles. Oder?"

kontert Sterchen und fährt fort.

Nun, wir alle müssen aus dem gleichen Grunde essen.

Wir versorgen unsere Zellen und deren nächste Generation. Die Kleinsten unter uns versorgen die noch jungen Zellen, um immer weiter zu wachsen:

Und

wenn sie später groß geworden sind, essen sie natürlich weiter, um groß zu bleiben. Und noch aus einem weiteren Grund essen wir. Unsere Zellen müssen sich ständig selber erneuern, also liefert unsere Nahrung die dafür wichtigen Ersatzstoffe und notwendige Energie.

Weil eben keine Zelle ewig bestehen kann und sich mit der Zeit abnutzt, muss jede an ihrer Stelle nach und nach ersetzt werden.

Das gilt für die Haare, die Nägel, die Haut und alle anderen Organe. Sie müssen ständig gleichwertig ersetzt werden.
Wir sind also jeden Tag in unserer Erscheinung ein wenig anders als am Vortag.
Das alles spielt sich aber für uns unsichtbar ab, weil die Veränderungen immer nur minimal sind und die Zellen identisch ersetzt werden.
Nochmals,
wir essen also, um die täglich notwendige Energie zu schaffen, die unsere Organe brauchen, um ihre ganz besonderen Aufgaben erfüllen zu können.
Denn
Atmen benötigt Energie,
Gehen braucht Energie,
Denken verbraucht Energie.
Selbst zum Schlafen brauchen wir Energie.

„Wieso denn zum Schlafen? Wir tun doch nachts nichts",
meldet sich Ham mal wieder zu Wort.
„Ich schlafe immer so fest und dabei soll ich Energie verbrauchen.
Das kapiere ich nicht.“

„Ham, denk doch mal nach",
regt Sterchen Ihren Bruder zum Denkan an.
„Alle wichtigen Aufgaben im Inneren unseres Körpers müssen im Schlaf weitergehen, oder?“
„Ja schon" bemerkt Ham kleinlaut.
„Wenn Du Dich schlafen legst Ham, schläft Dein Herz dann auch?
Und, wer pumpt dann die lebensnotwendigen Stoffe und den Sauerstoff durch Deinen Körper?“,
gibt Sterchen zu Bedenken und liest weiter.

Das Herz muss weiterschlagen.
Wir atmen weiter,
alternde Zellen müssen wieder aufgebaut werden. Gehirn und Blutkreislauf usw. müssen doch weiterarbeiten.

„Selbst Dein Schnarchen“,
ruft Sterchen zu Ham,
„an das ich mich ja gewöhnt habe, verbraucht Energie. Woher soll die denn kommen, wenn Du glaubst, dass alle Zellen schlafen?“

Und weil wir während des Schlafs nicht essen,
werden Energiedepots, die der Körper angelegt hat, ganz ohne unser Dazutun bereitgestellt.
Das gilt auch für das Wasser, das wir in der Nacht benötigen. Schon mal daran gedacht?

Wir nennen notwendige Energie, Grundenergie oder **Grundumsatz**, wenn wir nichts aktiv unternehmen, sondern in Ruhe sind.
Als Energiespender dienen dann Fett- und Glykogendepots, die sich bereits im Körper befinden.
Beide werden wir noch näher kennenlernen.

Wenn wir dann wieder wach sind und uns bewegen, brauchen wir weitere Energie. Das erklärt schon alleine die gesteigerte Gehirnleistung, das Denken und andere Gehirnprozesse wie die Steuerung unserer Bewegung über die Muskeltätigkeit usw.
Die von der Bewegung geforderte und benötigte Gesamtenergie nennen wir die Arbeitsenergie oder den Leistungsumsatz.

Ein weiterer Grund, warum wir essen, ist noch der.
Weil wir in unserer Nahrung viele unterschiedliche Stoffe vorfinden, die zwar keine Energie spenden, die wir aber dringend und ausreichend brauchen.
Diese Stoffe nennen wir Nährstoffe.
„Versteh ich nicht", unterbricht Ham,
„Das ist doch gar nicht so schwer", entgegnet Sterchen.
„Hier wirds erklärt."
Ein Sonnenblumenkern will gerne eine große Sonnenblume werden. Was braucht er dafür?
Richtig, Sonnenblumennahrung.
„Wie Sonnenblumennahrung?",
fragt Ham schon wieder ungläubig und zieht eine Grimasse."
„Na ja, sieh mal.
Die Sonnenblumnenkerne, die wir gelegentlich essen, kann man auch dazu nutzen, eine ganze Pflanze großzuziehen.
Ja, und jetzt überleg doch mal.
Was braucht ein Samen, um zu wachsen?"
Sterchen liest die Antwort vor.
Um zu wachsen, braucht ein Samen:
Wasser, Kohlendioxid, die Sonne und Stoffe aus der Erde.
Und woraus besteht die Erde?
Die Erde setzt sich aus vielen unterschiedlichen Nährstoffen zusammen, die die Pflanze dringend braucht.

Und Kinder brauchen, um groß zu werden:
Wasser, Sauerstoff, der von den Blättern produziert wird,
gute und gesunderhaltende Nahrung und
das Tageslicht sowie die Sonne.
Das ist doch gar nicht so verschieden, verglichen mit dem Bedarf der Pflanzen."
„Ja und was ist gute Nahrung?", fragt Ham wissbegierig.
„Welche Stoffe sind gemeint und
wo finden wir denn diese Energie, von der stets gesprochen wird?
Kann man die riechen?
Wie sieht die denn aus?"
Ham lässt nicht locker und bleibt ungeduldig am Ball.

„Eins nach dem anderen",
beruhigt Sterchen geduldig Ihren Bruder.
„Unser Büchlein kennt bestimmt die richtigen Antworten, alles zu seiner Zeit."
Und so liest Sterchen einfach weiter.
Kinder, ich erkläre Euch das mal so.
Also
wenn Ihr ein Kuchenstückchen esst,
dann plumpst es nach dem Schlucken in euren Bauch.
Euer Bauch weiß nun ganz genau, was er zu tun hat. Er ist nicht alleine, sondern hat eine Vielzahl von Gehilfen. So macht er aus großen Stückchen immer kleinere, bis sie so klein sind, dass sie im Blut transportiert werden können.

Diese kleinen Stückchen im Blut heißen jetzt:
Zucker, Eiweiß, Fett, Mineralien, Vitamine, Spurenelemente usw.
Alle Zellen warten schon sehnsüchtig darauf.

„Was sind den Zellen?" fragt Ham.
„Also, Ham, ich dachte Du wüsstest das. Na gut. Kannst Du noch zuhören?"
„Ja, ja", antwortet Ham rasch.
„Hier wirds erklärt",
bemerkt Sterchen und muss die zuletzt gelesene Zeile erst einmal mit der Pfote suchen, drückt diese dann auf das Satzende und erklärt dann Ham.

"Angenommen,
Du rutschst auf Deinem Laufrad aus und verletzt Dich an der Haut. Dabei verletzt Du eigentlich ganz viele Zellen, die alle gleich aussehen und die Deine Hautoberfläche bilden."

Dazu steht hier: Um zu verstehen, wie z. B. die Haut aussieht, werde ich zur Erklärung einen Vergleich zur Hilfe nehmen, der es Euch erklärt.
Stellt Euch bitte ein fertiges Puzzlebild vor. Jedes Puzzle-Teilchen wäre dann vergleichbar mit einer Zelle der Haut und das ganze Puzzle-Bild wäre dann vergleichbar mit der Haut. Beschädigen wir einige Puzzle-Teilchen müssen wir diese austauschen. Das passiert auch in der Haut, aber ganz automatisch.

Wir sprechen von der Haut auch von einem **Organ**.
Und das Prinzip, dass gleiche Zellen ein Organ bilden, ist auch für alle anderen Zellen bzw. Organe gültig.
Solche Organe sind: Die Knochen, das Gehirn, die Muskeln, das Herz usw.
Jedes einzigartige Organ hat die gleichen, einzigartigen Zellen, die nach einer gewissen Zeit alt werden und ersetzt werden müssen. Das geschieht aber, ohne dass Ihr es merkt.

Und jetzt kommts:
Wodurch werden die Zellen dann ersetzt?
Richtig
durch die Stoffe, aus denen unsere Nahrung besteht und die Ihr gegessen habt.
„Hast Du das auch verstanden Ham?
Ist Dir das auch klar?
Oder soll ichs Dir noch mal vorlesen?"
Die Wiederholung eines neuen Lernstoffes ist immer ein gutes Prinzip. Damit die Inhalte sich im Gehirn festigen, sollte man alles immer und immer wieder lesen, bis es klar ist.
„So steht das hier geschrieben", klärt Sterchen mit erhobener Pfote.

„Nein, nein, das brauchst Du nicht",
entgegnet Ham mit vollem Mund,
denn er hat gerade die Gelegenheit genutzt, einige Krümelchen eines Plätzchens zu probieren.

„Ham, wenn ich schon vorlese,"
bemerkt Sterchen mit erneut erhobenem Pfoten-Zeigefinger und schaut Ham ein wenig garstig in die Knopfaugen,
„dann, lass mich bitte ein Stück von Deinem Plätzchen oder Käse probieren, die Du gerade so genüsslich verhamsterst,
während ich konzentriert für Dich vorlese und dabei eine Menge Energie verbrauche.
„Aber Ham", ruft Sterchen,
„Du lieferst mir gerade ein gutes Stichwort" und fährt fort zu lesen.

Also, Essen ist wichtig, weil der aufkommende **Hunger** anzeigt, dass der Körper neue Energie braucht und es daher Zeit wird zu essen. Das gilt auch für die Tiere.

Und
man will natürlich möglichst genau wissen, wie viel Energie z. B. in einem Plätzchen steckt.
Aber wie stellt Ihr das fest?
Nun, um das rauszukriegen müsst Ihr Folgendes tun.
Ihr legt das Plätzchen auf eine Waage.

„Wieso?", fragt Ham.
Ohne auf Hams Frage einzugehen liest Sterchen einfach weiter.

Die meisten Nahrungsmittel, die man in Geschäften kaufen kann, sind zuvor auf einer Waage gewogen worden oder werden noch ausgewogen.
Auf der Waage steht dann z. B.: 100g.
Und 100g von z. B. Deinen Plätzchen haben etwa 450 **Kalorien**.

„Was sind denn schon wieder Kalorien?", fragt Ham wieder genervt dazwischen.
Hier steht.
Wenn wir von Energie in unserer Nahrung sprechen, dann sprechen wir von Kalorien. Das ist der Name der Energie,
liest Sterchen weiter.
Ham schaut plötzlich völlig genervt auf Sterchen an der Grenze seiner Belastbarkeit. Das hat Sterchen sofort erkannt.
Sie kennt Ihren Bruder in solchen Situationen. Er ist fertig, denkt sie sich keine Chance dem heute noch etwas vorzulesen, geschweige denn beizubringen.
In solchen Situationen schaltet Ham sein Gehirn komplett ab.

Und richtig wie eine trotzige, "**beleidigte Leberwurst**" steht Ham bereits mit verschränkten Armen und mit einem Bein in der Türschwelle zur Speisekammer, auf ungeduldigen Rückzug gebürstet.
Das ist für Sterchen das Zeichen, sich für den Aufbruch zu rüsten und die Rückkehr vorzubereiten.
Noch einen letzten Blick zurück, dass auch gar nichts daran erinnert, dass die beiden hier gewesen sind.

„Für heute wollen wir das mal gut sein lassen", muss Sterchen nun aber auch für sich feststellen, denn Vorlesen ist schon anstrengend genug und gleichzeitig noch zu lernen, muss für jetzt und heute reichen.

„Alles gut, sagt Sterchen, das wärs für heute."
„Danke, dass Du so geduldig und sicher vorgelesen hast,
bedankt sich Ham, aber das Stückchen Käse dort drüben, nehme ich noch mit, für unterwegs und weil ich ja sooo gut zugehört und eine ganze Menge gelernt habe."
„Eh... ich meine natürlich wir"
korrigiert ihn Sterchen und streicht sich genüßlich über das weiche Fell Ihres Bauches. Dann rennen beide zufrieden und unentdeckt zu Ihrem Käfig zurück.

Tag 2 - Dienstag

Thema:
Spurenelemente und Mineralien

Schlüsselwörter - key words
Kalorie/Joule, Mineralien, Kalium, Calcium, Magnesium, gelöste Stoffe, Spurenelemente, Molekül, Gramm, Milligramm, Millimol = mmol.

Am Folgetag, dem Dienstag, sind unsere beiden Hamster schon früh auf den kurzen Beinchen, um sich auf den heimlichen Gang zur Speisekammer vorzubereiten.

Doch sie müssen noch warten, denn die Familie geht noch Ihren Routineaufgaben und Gewohnheiten in der Wohnung nach ein jeder für sich.

Um die verbleibende Zeit noch sinnvoll zu überbrücken, rennen die Hamster in Ihrem Laufrädchen ein wenig Hamsterjogging, weils`Spaß macht und um unnötige Pfunde oder eher unnötige Gramm abzutrainieren.

Danach tragen beide Ihre gehorteten Futtermengen im Hamsterkäfig mit übervollen Backentaschen von der einen zur anderen Ecke des Hamsterkäfigs.

Das ist ein wirklich witziges Ritual der Hamster.

Es ist so eine Art Hausputz im Hamsterleben und ein alter Reflex aus der Zeit, als die Hamster noch keine Haustiere waren und noch überwiegend draußen im Korn-Feld lebten.

Dort haben auch heute noch die wenigen frei lebenden Hamster Essen-Depots für Notzeiten und den Winter angelegt.

Die können ja, wenn sie Hunger haben, nicht mal schnell um die Ecke einkaufen gehen.

Das sind nun aber auch schon die einzigen, kleinen Aufgaben des Hamsteralltags und man kann kaum glauben, wie viel Futter in eine solche Hamsterbacke passt.

Sind beide erst einmal gefüllt, kann man beim Hamster, von vorn betrachtet, nur den grossen Kopf und die vollen Backen sehen.

Alles was dahinter ist und auch zum Körper gehört, verdeckt diese prall gefüllten Essendepots.

Und Ham träumt im Geiste während dessen schon mal davon, so richtig vollgestopft in den kommenden Tagen aus der Speisekammer mit vielerlei Leckereien zurückzukehren.

Einige Stunden vergehen und dann, noch am frühen Nachmittag, ist es so weit und der schon sehnlichst erwartete Weg zur Speisekammer ist frei für unsere Hamster.

Gerade noch hören sie die schwere Haustür ins Schloss fallen, dann hat die ganze Familie das Haus verlassen.
Oder doch noch nicht?
Halt!
Das Türschloss bewegt sich erneut. Da hat wohl jemand etwas vergessen!
Ein kurzer Moment vergeht, aber dann ist endgültige Ruhe eingekehrt.

In Windeseile sind die beiden in der Speisekammer angekommen und stoßen die erneut offene Tür einen weiteren Spalt weit auf. Sterchen greift zielsicher nach dem Büchlein und schlägt die zuletzt gelesene Seite auf, um keine Zeit zu verlieren.
Sie liest für sich nochmals lautlos die letzte Zeile des Vortages, um in Ihrem Gehirn wieder den Anschluss und die entsprechende Stimmung zu bekommen,
blättert dann ein wenig weiter, um zu sehen, was heute an der Reihe ist.

Beide sind wissbegierig und freuen sich schon sehr darauf, ein weiteres Folge-Kapitel neuer Erfahrungen kennenzulernen.

Zuletzt hat Sterchen den Abschnitt über die Bedeutung der Kalorie gelesen.
Ham hat dabei ganz komisch geschaut, woraus Sterchen eindeutig schließen konnte, dass er das nicht im Geringsten verstanden hat. Als sie ihn fragte, ob dies tatsächlich so ist, musste er es beschämt bestätigen und wurde knallrot, was für einen Hamster schon sehr ungewöhnlich aussieht, bei all dem goldfarbenen Fell.

Also beginnt Sterchen mit einem Vergleich, um es Ham hilfreich zu erklären.
„Hier steht zum Thema Kalorie Folgendes geschrieben":
Was für eine Auto die PS-Leistung bedeutet, also die spezifische Energie ist, entspricht in unserer Nahrung der Kalorie.
„Ist das schon klar Ham?", fragt Sterchen.
Dieser aber runzelte zeitgleich seine Stirn und es dauerte dann doch noch einen Moment, ehe der Groschen gefallen ist.
Sterchen ergänzt hierzu, dass ein anderer Name für die Kalorie in Zukunft gebräuchlicher sein wird: Er heißt **Joule**.

Egal, ob man nun Kalorie oder Joule sagt, mit beiden Begriffen wird die Energiemenge ausgedrückt, die in einem Lebensmittel enthalten ist, z. B. für:

Brot, Gemüse, Fleisch, Getränke wie Saft, Milch, Alkohol, Wasser usw.

„Aha, spannend", bemerkt Sterchen und liest weiter:

In einem anderen Buch über die Ernährung sind zu allen Lebensmitteln in Europa deren Kalorienmenge übersichtlich in einer Tabelle aufgeschrieben, sogenannte Kalorientabellen.

Darin könnt Ihr genau nachsehen, wie viel Kalorien in 100 Gramm eines bestimmten Lebensmittels enthalten sind

und

Ihr könnt dann ganz genau errechnen, wie viel Energie Ihr nach einer Mahlzeit zu Euch genommen habt.

„Sterchen, unterbricht Ham, daran kann man ablesen, wie alt das Buch schon ist. Heutzutage nehmen die Kinder doch Ihr Smartphone zur Hand und googeln das mal schnell.

Doch entschuldige, ich wollte Dich nicht erneut unterbrechen. Aber stimmt doch!", beendet Ham seine vorlaute, aber richtige und wichtige Bemerkung.

Sterchen fährt fort:

Bei der Nahrung für Menschen, wie auch bei der Hamsternahrung, handelt es sich um Essen, das sich aus vielen verschiedenen Einzelteilchen zusammensetzt.

Lasst uns an dieser Stelle schon einmal die wichtigsten Vertreter der Einzelteilchen nennen:

Wasser,

Fette,

Kohlenhydrate,

Eiweiß,

Mineralien,

Spurenelemente,

Vitamine, Ballaststoffe, Geschmacks- und Geruchsstoffe, Farbstoffe, usw.

„Verstehe ich nicht", unterbricht Ham ein weiteres Mal, kannst Du mir das bitte erklären?"

„Ja, Ham, nun warte bitte noch. Eines nach dem anderen. Ruhig Hamsterblut cool by the pool!

Das wird auf den folgenden Seiten alles besprochen und los geht's."

Die folgende Seite ist überschrieben mit:

Mineralien und Spurenelemente

Sterchen beginnt langsam und betont zu lesen:
Wenn ich in einem Geschäft eine Flasche mit Wasser betrachte, dann steht auf dem Etikett der Flasche:
100 ml enthalten: Mineralgehalt an Natrium, Kalium, Calcium, Magnesium, usw.

Wenn Ihr aber aus einem Nachbar-Regal eine Flasche Milch in die Hand nehmt und auf das Etikett schaut, was steht dort geschrieben?
100 ml enthalten:
x% Fett,
x% Proteine (Eiweiß),
x% Kohlenhydrate,
Mineralien in mg, ggf. Spurenelemente, ggf. Vitamine
und die entsprechende Kalorienzahl.

Also, Ihr seht,
eine ganze Menge Stoffe sind in der Milch zusätzlich enthalten als im klaren Wasser.
Das Interessante daran ist, dass ein Großteil der Milch aus Wasser besteht.
Aber die anderen, im Wasser genannten Stoffe sind auch in der Milch gelöst.
Es handelt sich um die Mineralien.
Ihr könnt sie nicht getrennt voneinander sehen, vielleicht ein wenig schmecken.
Aber man erkennt an der Farbe der Milch, dass ein Teil der Stoffe die Milch weiß färbt, so wie man sie kennt.
Und jeder wird die Milch auch am Geschmack erkennen.
Das bedeutet weiter, dass zur Milch gelöste Stoffe gehören, die die Farbe, den Geschmack und den Geruch ausmachen. Sie sind für unseren Stoffwechsel wichtig, wie auch weitere Inhaltsstoffe, die vielseitig dazu beitragen, dass wir dieses wichtige Getränk als Milch erkennen.
Klar, Milch ist nicht gleich Milch, es gibt auch da Unterschiede, aber das Grundprinzip sollte verstanden sein.

Also, wir halten fest:
Alle Lebensmittel setzen sich aus verschiedenen Stoffen zusammen, deren Menge dem Kunden
in Gram, Milligramm oder Millimol (mmol) jeweils durch ein Etikett, also ein aufgeklebtes oder aufgedrucktes Papier mitgeteilt wird.
So weiß jeder Kunde genau,

was und wie viel in dem Produkt enthalten ist, bevor er sich zum Kauf entschließt.
Es wird von staatlicher Seite überprüft und sollte daher stimmen.

Es gibt aber auch weitere Stoffe, die in den Lebensmitteln zwar enthalten sind, aber keine Notwendigkeit darstellen!
Als Beispiel seien die sogenannten E-Stoffe erwähnt.
Deren Angabe erscheint fürs Erste nicht so wichtig oder laut der Hersteller bzw. der Behörden, nicht immer erforderlich.
Das klingt nicht zu Unrecht fragwürdig.
Wollt Ihr daher mehr erfahren, wie die Köpfe so mancher Behörde ticken?
Auch hier rate ich Euch dringend alle offenen Fragen wieder intensiv zu googeln! Bildet Euch euer eigenes Urteil.
Ein Großteil der Nahrung enthält ferner verschiedene bedeutende Spuren-elemente in unterschiedlichen Mengen, die oft nicht deklariert sind.

Also wichtige Elemente, die Ihr im Periodensystem finden könnt. Ihr erinnert Euch an den 1. Tag?
Elemente sind Stoffe, die chemisch nicht weiter teilbar sind.

Was also sind Mineralien und Spurenelemente
und
welche Aufgabe erfüllen sie für uns?

Ganz große Mineralien sind Euch bereits bekannt und sicher habt Ihr alle schon einige von ihnen in eurer Umgebung beim Spazierengehen gesehen oder in der Hand gehalten.
Es sind die Mineralien, aus denen zum Beispiel ganz normale Steine bestehen,
die draußen in der Natur überall achtlos herumliegen, z. B. Kieselsteine am Uferstrand.
Jedoch ein Steine besteht aus ganz vielen, verschiedenen Elementen, Stoffen, die wir Mineralien nennen.
Ein weiteres Beispiel für ein sehr wichtiges, ja lebenswichtiges Doppel-Mineral sei hier genannt.
Ihr alle kennt es. Es ist das Salz in unserer Nahrung.
Wir nennen es Speisesalz, weil wir es essen können.
Sein chemischer Name ist Natrium-Clorid, abgekürzt NaCl.

Es besteht also aus zwei verschiedenen Anteilen:
Dem Natrium und dem Chlor.
Beide sind chemisch miteinander zum Natrium-Chlorid Teilchen bzw. dem Natrium-Chlorid **Molekül** verbunden.

Wenn Ihr nun einen kleinen Löffel Speise-Salz ganz fein presst und diesen in Wasser gebt,
dann löst es sich im Wasser auf und ist scheinbar verschwunden, da Ihr es nicht mehr sehen könnt.
Es kann das Wasser nicht verfärben, wie andere Stoffe, die in der Milch gelöst sind.

„Aber schmecken kann man es jetzt schon, jeder kennt das doch", ruft Ham wie selbstverständlich dazwischen und fuchtelt dabei bedeutungsvoll mit seinen Pfoten herum.

Sterchen fährt unbeirrt fort, weil sie sich jetzt nicht unterbrechen lassen möchte.
Im Mineralwasser oder auch im Meer ist genau das passiert, was Ihr gerade im Wasserglas erlebt habt.
Das Salz verschwindet, weil es sich auflöst oder man sagt auch dazu:
Es geht in Lösung.
Und noch weitere Mineralien sind dort gelöst, deren Namen sind:
Kalium, Calcium, Magnesium, Phosphor usw.
Ihr habt sicher alle schon von ihnen gelesen oder gehört!

Mineralwasser, wie Ihr wisst, kann man trinken. Man nennt es daher auch Trinkwasser.
Wird es für den Verkauf hergestellt, muss auf der Flasche genau beschrieben (deklariert) sein, welche und wie viele Mineralien enthalten sind.
Schaut Euch heute mal ein solches Etikett zu Hause an.

Wie gesagt,
das wird streng kontrolliert, wie bei allen Lebensmitteln.

Im Meerwasser hingegen sind viele, viel zu viele verschiedener Mineralien in einer hohen Konzentration enthalten. Es eignet sich daher nicht als Trinkwasser, weil sein Salzgehalt oder auch Mineraliengehalt viel zu hoch ist.
Ihr könnt es schmecken! Es schmeckt sehr salzig und jeder, der schon mal am Meer war, wird das bestätigen.
Wer an einem heißen Tag am Strand durstig ist, darf keinesfalls Meerwasser trinken! Wer aber glaubt, das trotzdem tun zu müssen um den Durst zu löschen, der wird auf Grund der hohen Konzentration an Mineralien genaun das Gegenteil erreichen.
Merkt Euch das bitte!

Wir halten fest: Es gibt sehr viele, verschiedene Mineralien.

Worauf Ham gleich wieder neugierig fragt:
„Kommen diese Mineralien denn nur im Wasser vor?"
„Gute Frage Ham, ich glaube nicht", antwortet Sterchen kurz und liest einfach weiter.
„Dazu steht hier":
Wir finden sie in allen Lebensmitteln und wie bereits erwähnt, beim Kauf kann man auf den Verpackungen genau ablesen, welche Mineralien, in welcher Menge, in dem jeweiligen Nahrungsmittel enthalten sind.
Für Waren, die nicht abgepackt sind, also solche, die frisch angeboten werden, kann man über eine App oder in einem Fachbuch in Erfahrung bringen, wie viel Mineralien enthalten sind.

Darüber hinaus,
gibt es weitere Inhaltsstoffe in der Nahrung:
Sehr feine und kleine Stoffe. Welche sind damit gemeint?

Sie sind ganz, ganz besonders wichtig, für unseren Körper, trotzdem sie in so geringen Mengen quasi in Spuren vorkommen.
Daher werden sie Spurenelemente genannt.
Wie es der Name schon sagt,
sie kommen nur in Spuren vor.
Habt Ihr schon mal von ihnen gehört?
Wenn Ihr die folgenden Namen lest, werdet Ihr Euch ganz sicher erinnern.
Zu ihnen gehören:
Eisen, Jod, Kupfer, Zink, Selen, Fluor und viele andere mehr.
Sie alle kommen selbstverständlich in der Natur und dort nicht nur im Wasser vor.
Spurenelemente und Mineralien besitzen keine Kalorien,
also keine eigene Energie, die der Körper zum Beispiel zur Zellerneuerung nutzen könnte.
Was außerdem noch erwähnenswert ist:
Dein Körper kann sie zu keiner Zeit selber herstellen! Er muss sie über die Nahrung bereit gestellt bekommen. Sie sind im Stoffwechsel unentbehrlich, ja lebensnotwendig.
Davon werden wir an anderer Stelle des Buches noch mehr lesen und hören.
Was bedeutet das für die Menschen?
„Und für die Hamster?", Ham unterbricht erneut.
„Warte bitte Ham, unterbrich mich jetzt nicht ständig!", .. und auch für alle anderen Lebewesen, liest Sterchen weiter im Text.

Ja, hier steht, dass man krank wird, wenn man nicht ausreichend davon isst bzw. trinkt.
Je nachdem wie stark der Mangel im Körper auftritt, kann er zu ernsthaften Erkrankungen führen.
„Also nicht bloß einen Hamsterschnupfen?", fragt Ham.

„Nein", liest Sterchen weiter, hier steht, dass dabei Folgendes passieren kann.
Bei einem Mangel können die Haare ausfallen, die Knochen brechen. Das Blut, das den Sauerstoff transportiert, kann nicht ausreichend gebildet werden.
Du kannst dann nicht mehr klar denken, bekommst Infektionskrankheiten und in der Folge kann es sogar vorkommen, dass sich Krankheiten bilden, die lange anhalten oder ggf. bleiben, selbst wenn Du den Mangel der Stoffe wieder beseitigst.

Also nochmals ganz deutlich gesagt,
wir brauchen Mineralien und Spurenelement, weil sonst das Denken nicht stattfindet,
die Organe nicht mehr aufgebaut werden können,
jede elektrisch tätige Zelle wie im Nervensystem und in der Muskulatur seine Funktion nicht ausführen kann, usw.

Aber keine Sorge, alles das und viel mehr lernt Ihr noch weit genauer in der Schule in den Fächern
Biologie, Chemie, Physik oder wenn Ihr später studieren wollt in den wissenschaftlichen Fächern oder Ihr bringt es Euch selber bei.
Das geht heutzutage zu 100 Prozent, indem man das Internet kritisch und vergleichend nutzt.

„Also Ham", flüstert Sterchen, lass uns bitte ein Stückchen von dem Käse dort hinten im untersten Regalboden mitnehmen, dann machen wir für heute mal Schluss, ich muss das alles erst mal sacken lassen,
mir ist es heute einfach zu viel gewesen.
„Du hast recht, man ist halt nicht jeden Tag gleich gut konzentriert und kraftvoll und wir gehen daher jetzt in unser Hamster-Häuschen zurück. Eh, ich meine natürlich, zu unserem gemütlichen zu-Hause-Käfig zurück."
Ohne zu widersprechen, schließt sich Ham vertrauensvoll mit einem eigenen, eilig stibitzten Käsebrocken an und quetscht ihn vorsichtig in seine rechte Backentasche.

Tag 3 – Mittwoch

Thema:
Fette (Lipide)

Schlüsselwörter – key words
Fett, Cholesterin, Hormone, Fett als Energieträger, Omega 3- und Omega 6-Fettsäuren, gesättigte und ungesättigte Fettsäuren, natürliche und künstliche Transfettsäuren, Depotfett, Speicherfett, Fetthärtung, Arterien.

Am Mittwochmorgen werden unsere geliebten Hamster erst nach 10.00 Uhr wach und haben mächtig verschlafen.
Sind das Ihre ersten Ermüdungserscheinungen?
Vielleicht,
aber dafür sind sie entspannt, ausgeruht und voller Tatendrang.

Vor Ihrem Käfig ist es ruhig und auch von der Familie und Ihrem Geräuschpegel in der Wohnung ist nicht viel zu hören.
Eines der Kinder, natürlich Lena, hat beiden Hamstern zuvor frisches Wasser und spezielle Hamsterkörnchen in deren dafür vorgesehene Schälchen gefüllt. Nach einem kurzen Hamster-Frühstück, stecken die beiden Ihre Köpfe zusammen und halten Ausschau, ob die "Luft rein ist".
Ham und Sterchen hatten heute noch keinen großen Hunger oder Appetit. Sie wollen lieber schnellstmöglich zur Speisekammer, um weitere Seiten zu lesen. Nichts soll sie aufhalten auf Ihrem Weg zum Ernährungsexperten. Ein Weg für Kinder und Jugendliche, auf dem Sie immer schlauer werden.
Ja, und vielleicht "erbeuten" sie ja heute wieder etwas Leckeres in der Kammer.

Doch
dort angekommen hat sich seit dem Vortag etwas überraschend verändert.
Ham und Sterchen bekommen ganz große Augen und das Wasser läuft Ihnen im Munde zusammen. Warum dieses?
Nun,
auf dem Boden liegen hastig abgelegte Lebensmittel von einem zuvor erledigten Einkauf der Familie, die noch nicht in die Regale einsortiert wurden.
Aber egal, beide Hamster finden trotzdem ein geeignetes Leseplätzchen und offenbar ist niemandem aufgefallen, dass sie das Büchlein in den Händen hielten.
Da Ham nicht so lesesicher ist wie Sterchen, überlässt er seiner Schwester erneut den Vortritt.

Doch zuvor zählt Sterchen erst einmal leise auf, was da so unsortiert verteilt im Raum herumliegt:

Milch in Tüten, Käse in durchsichtiger Kunststoffverpackung, einige andere Nahrungsmittel in gefettetem, undurchsichtigem Papier, Tomatenmark, Reis, Kartoffeln, Mehl, Mineralwasser und vieles mehr.

Ein weiterer Einkauf befindet sich noch in einem groben Netz, das an einem Haken am Regal sicher aufgehängt wurde.

Sterchen kann aber vom Fußboden aus nicht erkennen, was es enthält.

„Na, hoffentlich kommt nicht jemand zu früh zur Speisekammer, um das Netz zu holen", sagt Sterchen vorausschauend, aber beruhigt Ham gleichzeitig und so fahren beide gut gelaunt fort.

„Ham, höre bitte mal", beginnt Sterchen,

die nächsten Seiten drehen sich ausschließlich um Fett in der Nahrung und dessen Aufgaben im Körper. Das scheint ja ziemlich wichtig zu sein.

Ich habe über die Bedeutung von Fett noch nichts gehört und Du?"

„Nö, sagt Ham, ich bin auch richtig gespannt",

und lauscht wieder zu dem ruhigen Vortrag seiner Schwester.

„Hier also steht":

Wenn wir von Fett reden,

dann meinen wir nicht alle Fette, die es in der großen chemischen Familie aller Fette gibt, das wäre zu umfangreich.

Nein,

wir meinen hier ausschließlich das Fett in der Nahrung.

Dazu gehören zwei Fett-Typen:

1. Die Triglyceride

und

2. Das Cholesterin.

Über Cholesterin habt Ihr sicher schon in Zeitschriften bzw. in der Werbung einiges gehört.

An dieser Stelle sei ausdrücklich vorweggenommen, dass es nicht zu den Aufgaben von Cholesterin gehört, Energie für den Stoffwechsel zu liefern.

Nein, aber die wichtigen und bedeutenden Aufgaben des Cholesterins sind diese:

1. Bildung von Hormonen, z. B. den weiblichen und männliche Geschlechts-
   hormonen:
   Östrogene, Gestagene und Androgene.

2. Sie sind Bestandteile von Zellmembranen.

3. Sie bilden das Vitamin D

und

4. sind Bestandteile der Gallensäuren in der Leber.

Diese wichtigen Aufgaben werden oftmals gar nicht erwähnt, sondern überwiegend wird Cholesterin zu 100 % schlecht geredet, aber das stimmt so nicht.

Man muss eben mit Vor- und Nachteilen clever umgehen lernen. Auch hier gilt: alles eine Sache der richtigen Information und des Wissens!

Zum besseren Verständnis stellen wir daher die Frage:
Wo kommt Cholesterin denn überhaupt vor?
Um die Frage zu klären, unterscheiden wir:

Es gibt das körpereigene, selbst produzierte Cholesterin und das Nahrungs-Cholesterin.
Sehen wir uns das körpereigene Cholesterin zuerst an.
Es kann von unseren Körpern selber gebildet werden! Das hat die Natur gut eingerichtet. Denn wenn in der Nahrung über längere Zeit kein Cholesterin vorkommt, dann produziert der Körper eigenes Cholesterin, damit es u. a. für den Hormonhaushalt zur Verfügung steht.
Etwa 2/3 der Gesamt-Blutcholesterinmenge wird genetisch gesteuert. Bei jedem von uns ist sie mengenmäßig ein wenig unterschiedlich ausgeprägt.

Wie verhält es sich mit dem Cholesterin in unserer Nahrung?
Eine Reihe von Lebensmittel enthalten Cholesterin in unterschiedlicher Konzentration. Es sollte auf deren Etikett leserlich vermerkt sein. Ein Teil des so aufgenommenen Cholesterins wird beim Verdauungsvorgang ins Blut überführt.

Bei besonders kritischen genetischen Bedingungen eines Menschen kann im Blut eine zu hohe Cholesterinmenge zirkulieren. Als krankmachende Folge können die Arterien verhärten, man sagt „verkalken". Das Resultat nennt man in der Medizin Arteriosklerose.
Was sind nun Arterien?
Arterien sind die roten Gefäße,
in denen
1. der Sauerstoff in den roten Blutkörperchen transportiert wird
und
2. unverbrauchte, frische Nahrungsteilchen zu den Zellen verschiedener Organe fließen.
Hier sei ferner erwähnt, dass für die Bildung des roten Blutfarbstoffes Hämoglobin, zur Bindung von Sauerstoff in den roten Blutkörperchen, die Elemente Eisen und Kupfer (Spurenelement) eine sehr wichtige Rolle spielen.

Aber, zurück zum Cholesterin.

Es ist daher ratsam, schon beim Einkauf darauf achtzugeben, in welchen Lebensmitteln Cholesterin in welchen Mengen enthalten ist, um nicht zu viel davon zu essen.
In den Körperorganen sind
das Gehirn und die Nebennieren reich an Cholesterin.

Im folgenden Kapitel wenden wir uns **der zweiten Großgruppe** der Fette zu:
Den Neutralfetten, die auch Triglyceride genannt werden.

Ihr kennt die Neutralfette und bezeichnet sie umgangssprachlich, wenn Ihr darüber sprecht auschließlich als Fett.
Im folgenden Kapitel geht es darum:
Welche Bedeutung hat das Fett für den Körper
und
in welchen Lebensmitteln kommt Fett vor?

Zuerst Näheres zur Bedeutung:
1. Das Fett ist in der Haut und dient dort als Schutz vor Kälte.
2. Fett polstert die Haut und die inneren Organe, sogenanntes Organfett und trägt dadurch zu deren Schutz vor Stoß bei.
3. Fett in der Nahrung hilft dabei, die sogenannten fettlöslichen Vitamine nach dem Verzehr, im Darm zu binden, um sie in den Körper aufzunehmen.
4. Fette sind meistens geruchs- und geschmacklos. Damit sie aber besser schmecken, werden sie mit Aromastoffen versetzt und dienen folglich als Aromaträger. Sie verleihen so manchem edlen Essen erst den einzigartigen Geschmack und Geruch!
5. Fette bilden zudem einen Teil der Zellwände und sind ein wichtiger Bestandteil von Gehirn- und Nervenzellen. Eine weitere bedeutende Eigenschaft ist diese:
6. Fett ist der große, tägliche Energielieferant in unserer Nahrung. Habt Ihr es erst einmal gegessen, kann es:
   a. sofort zu Energie umgewandelt und verbraucht werden
   oder
   b. wenn Ihr zu viel davon gegessen habt, wird es im Körper als Depotfett gespeichert.

Das Depotfett ist aber genau jenes Fett, das viele Menschen möglichst sofort wieder loswerden wollen, weil sie meinen, dass es sie dick aussehen lässt. Es gibt auch hier ein Für und Wider.
Aber

ohne diese wichtigen Fettdepots im Körper müssten wir dauernd essen, da die anderen beiden Energielieferanten, Kohlenhydrate (Zucker) und Eiweiß, nur in überschaubaren Mengen für einen späteren Abbau gespeichert werden können:

Für den Zucker sind das gerade mal 800 kcal.

Das reicht selten für einen kompletten Alltag.

Demgegenüber

wird das Körper-Eiweiß wie auch das Nahrungseiweiß nur dann abgebaut, wenn Fett und Zucker nicht mehr in ausreichenden Mengen zur Verfügung stehen.

Ihr fragt Euch vielleicht, wann ist das denn der Fall? Was meint Ihr?

Hier die Antwort, sie ist einfach.

Bei fehlender Nahrung,

in Notzeiten,

beim Fasten oder

bei bestimmten Diäten und Krankheiten.

Jedes Gramm Fett, welches der Körper abbaut oder man sagt auch verstoffwechselt,

liefert dem Körper 9,2 kcal.

das ist doppelt so viel wie Zucker und Eiweiß mit je 4,1 kcal bereitstellen!

Wie bereits gesagt, galt früher Fett in der Nahrung als Dickmacher. Es hatte also einen schlechten Ruf, denn wer wollte schon dick aussehen?

Und zudem werden dicke, übergewichtige Menschen oft gehänselt und als faul abgestempelt. Das ist natürlich bullshit!

Aber, sie haben mehr Probleme, die passende Kleidung zu finden, sind körperlicher Belastung weniger gewachsen

und

werden sehr viel häufiger krank als Menschen ohne Übergewicht. Das sind Fakten.

Sie können unter Umständen bereits frühzeitig ernste bleibende Krankheiten bekommen,

die zu körperlichen und seelischen Behinderungen bis hin zum Tod führen können.

Das alles kann passieren,

sollten die Krankheiten länger andauern und in dieser Zeit nicht ärztlich erfolgversprechend behandelt werden

oder

wenn diese Menschen nicht rechtzeitig ihren Essenkonsum verringern und zusätzlich Gewicht reduzieren.

Einige Beispiele für bleibende Krankheiten sind:
Zuckerkrankheit (Diabetes Mellitus),
Schlaganfall,
Bluthochdruck,
Arterielle Durchblutungsstörungen von Gehirn, Herz und Beinen.
Herzinfarkt
und
andere sehr schwere Krankheiten.

Trotzdem muss darauf hingewiesen werden, dass
die Bedrohung durch Nahrungsfett im Übermaß heutzutage nicht mehr aufrechterhalten werden kann.

Warum ist das so?

Durch eine Vielzahl neuer Ergebnisse der wissenschaftlichen Forschung ist man heute in der Lage, gezielter zu unterscheiden, welche Anteile am Fett gut sind und welche nicht.

„Wieso ist das so? Fett ist doch gleich Fett,
unterbricht Ham und ruft ein wenig kleinlaut in den Raum,
wird das denn im Buch noch näher erklärt?"

„Ja, warte doch Ham, Du bist wieder ein wenig zu ungeduldig. Ich lese mal weiter",
beruhigt Sterchen Ihren aufgebrachten Bruder.
„Hier steht":
Man kann den Fettanteil gelegentlich direkt in Lebensmitteln erkennen. Als Beispiel fallen in der Wurst oder im Fleisch weiße Stellen auf. Es handelt sich dabei um reines Fett.
Es sei nochmals gesagt:
Fett ist von allen Speisen diejenige mit den meisten Kalorien, was bedeutet, dass es uns allen die nötige Energie für den Alltag liefert.
Das im Stoffwechsel nicht verbrannte, ungenutzte Fett wird sinnvollerweise für später im Körper gelagert, bis es wieder benötigt wird.
Daher heißt dieses Fett Speicherfett oder Depotfett.
Und Ihr alle wisst, dass der Begriff "Fett" einen schlechten Ruf hat. Ihr kennt das sicher von zu Hause, wenn jemand aus der Familie sich schon mal vor dem Spiegel bewegt, sich kritisch betrachtet und meint: Ich bin viel zu dick, schlimmstenfalls zu fett. „Letztes Jahr hat mir das Kleid noch gepaßt, was mach ich bloß."
Nun,
da gibts ja Möglichkeiten, dies erfolgreich zu regulieren.

Entweder man achtet auf die Menge und die Qualität, die man isst
oder
man bewegt sich mehr, zum Beispiel indem man regelmäßig Sport treibt.
Ihr fragt, wieso Sport?
Regelmäßig Sport treiben bedeutet,
dass die inneren Organe, besonders die Leber, nun auf Hochtouren Fett abbauen, um es dem Blut zur Verfügung zu stellen.
Die Leber sorgt auch dafür, dass Fettklümpchen, wie sie in der Wurst zu sehen sind, im Blut in kleinsten Fett-Molekülen transportiert werden können.
Diese kleineren Fetteilchen nennen wir Fettsäuren.

Wir kennen zwei Arten von Fettsäuren:
Die gesättigten und die ungesättigten Fettsäuren.

Die gesättigten Fettsäuren, die wir zu uns nehmen, kann der Körper selber herstellen. Man nennt sie daher nicht essenziell, was so viel heißt wie:
Man muss diese nicht mit der Nahrung zuführen.

Nochmals: Gesättigte Fettsäuren kann unser Körper selber herstellen. Er kümmert sich also darum, dass sie bei Mangel in der Nahrung trotzdem immer vorhanden sind.

Um diese Fettsäuren selber herzustellen, verwendet unser Körper Glukose (Zucker) oder Proteine (Eiweiße).
Das geschieht in der Leber in speziellen, dafür vorgesehenen Stoffwechselwegen.

Hier sind nur einige wenige Beispiele von gesättigten Fettsäuren: Buttersäure, Palmitinsäure und Stearinsäure.

Aber wie schon gesagt, wir finden diese gesättigten Fettsäuren natürlich auch in der Nahrung. Meistens werden diese aber nicht auf den Lebensmitteln deklariert, sondern lediglich die Menge an Gesamtfett.
Fettsäuren kommen in diesen Lebensmitteln vor: in Butter, Fleisch, Wurst und Käse, Schmalz, festen Fetten, Ölen, aber auch in Pflanzen wie im Kokosfett der Kokospalme.

Um die bereits zuvor genannten schweren Krankheiten im späteren Leben zu vermeiden, sollte jeder schon in der Jugend damit anfangen, Fette bewusst vor dem Verzehr in gesunde und ungesunde zu unterscheiden.
Ihr seht also,

es ist gut zu wissen, was Ihr esst und warum. Es ist wichtig für Euer gesamtes soziales Leben, das Bewegen, eure Verdauung, den Kreislauf usw.
Falsches Essen behindert sogar Euer klares Denken, das ist wissenschaftlich bewiesen. Nochmals, ungesundes Essen behindert das klare Denken!
Wer dauerhaft Junkfood isst, kann seine geistigen Qualitäten nicht voll ausschöpfen! Das gilt nicht nur bei Prüfungen!
Ihr könnt nicht früh genug damit anzufangen, darauf zu achten.

Den Kritikern zu diesen Gedanken sei gesagt:
Ihr könnt unter Umständen lange Zeit das Falsche essen. Ihr werdet danach außer leichten Magendarm-Problemen, also akuten Erscheinungen, keine anhaltenden gesundheitlichen Probleme bekommen.
Ich spreche aber hier
von nicht mehr zu korrigierenden körperlich-geistigen Schäden, die sich langsam über Monate und Jahre entwickeln und eure Entwicklung auf allen Ebenen stören.

„Ich kenne das noch nicht,"
bemerkt Ham, "ich esse lieber das, was gut aussieht, riecht, duftet und natürlich besonders gut schmeckt."
"Na, dann hör besser gut zu, damit Du es nicht falsch machst," meint Sterchen zu Ihrem Bruder, schaut ihn ernst an und liest langsam weiter.

Eine zweite Gruppe unserer fetthaltigen Nahrungsmittel sind:

Die ungesättigten Fettsäuren.
Sie gelten als die "guten Fettsäuren", sprich gesunden Fettsäuren.

Warum die einen "gesättigt" und die anderen "ungesättigt" heißen, werdet Ihr später im Chemieunterricht lernen oder schon früher, wenn Ihr Euch dafür interessiert.
Durch die Nutzung des Internets gibt es ja Gott sei Dank auf der ganzen Welt für immer mehr Menschen die Möglichkeit, sich zu jeder Zeit zu informieren und Wissenslücken zu korrigieren.
Es ist nicht mehr so, dass das Wissen sich nur in der Hand einer kleinen Elite befindet. Das war noch vor 30 Jahren anders!
Fast jeder hat heutzutage Zugang zu diesem Wissen, egal wie alt er ist oder welche Sprache er spricht. Das ist doch genial.

Alle ungesättigten Fettsäuren nennt man essenziell oder anders ausgedrückt:
Es bedeutet, dass Ihr diese stets in ausreichender Menge mit der Nahrung essen müsst, weil Euer Körper sie selber **nicht** herstellen kann.

In speziellen Lebensmitteltabellen könnt Ihr in Erfahrung bringen, welche tägliche Menge notwendig ist.

Zusätzlich erfahrt Ihr worin ungesättigten Fettsäuren enthalten sind.

Merkt Euch also:

Der Körper kann essenzielle Fettsäuren nicht selber herstellen!

Ein Mangel über längere Zeit führt sicher zu Krankheiten.

Daher sind sie so wichtig und vielleicht habt Ihr schon mal den Namen der einen oder anderen Fettsäure gehört oder gelesen:

Zum Beispiel in der Werbung in Zeitschriften,im TV, smartphome, PC, oder wenn eure Eltern schon mal beim Einkauf davon reden.

Sie kommen in der festen Nahrung: in Fisch, Käse, Milch Fleisch, Gemüse u.s.w., aber auch in Ölen (Sonnenblumenöl, Olivenöl, Walnußöl, u. a.) und

in bestimmten Fetten wie Butter, Margarine, usw. vor.

Heutzutage sind die absoluten "Renner" unter diesen ungesättigten Fettsäuren:

Die Omega 3- und Omega 6- Fettsäuren.

Also, die mehrfach ungesättigten Fettsäuren sind immens wichtig.

Die pharmazeutische- und die Lebensmittelindustrie haben schnell erkannt, dass mit dieser lebensnotwendigen Ware viel Geld zu verdienen ist.

Folgerichtig werden diese Fettsäuren in Form von Kapseln, als sogenannte Nahrungsergänzungsmittel, produziert und verkauft und zwar weltweit.

Hier lohnt sich ein Vergleich der Produzenten, weil die Herkunft der Grundstoffe aus vielerlei Gründen uneinheitlich ist. Oftmals ist das Fett von Fischen, dem Hauptlieferanten dieser Fettsäuren. Und wie Ihr wisst, handelt es sich meist um Zuchtfische, deren Aufzucht nicht immer ökologisch ausgewogen ist.

Auch darüber könnt Ihr im Internet Euer Wissen vertiefen.

Also, ob Ihr nun zur Deckung des Bedarfs frischen Fisch kauft oder Nahrungsergänzungsmittel, für Euch sollte wichtig sein:

Dass Ihr lückenlos nachvollziehen könnt, woher die Fische stammen, wie sie dort aufgewachsen sind, welches Futter sie genossen haben und insbesondere ob das Futter frei von Zusatzstoffen, wie Antibiotika, Hormonen, etc. war.

Ihr werdet mit der Zeit immer sensibler für alle diese Gedanken, insbesondere deswegen, weil Ihr viel öfter untereinander diskutiert. Das machen hingegen viele Erwachsene nicht.

Auf eine weitere Fettsäuregruppe sei zum Abschluss des Kapitels noch besonders hingewiesen. Gemeint sind die Transfettsäuren. Sie gelten als besonders schädlich für Erwachsene.

Das Problem für junge Menschen ist Folgendes. Man kann keine Versuche mit ihnen durchführen, um herauszufinden welche Schädigung entstehen.

Niemand weiß genau, welche Menge dieser Transfettsäuren gesundheitliche Probleme für diese Altersgruppe verursachen.

„Warum das denn?", fällt Ham seiner Schwester lautstark ins Wort.

„Ja, das wundert mich auch, Ham. Warten wir mal ab, was dazu im Folgenden gesagt wird."

Wenn wir von **Transfettsäuren** sprechen, meinen wir:
Erstaunlicherweise ungesättigte Fettsäuren, also eigentlich gesunde Fettsäuren!

Wir unterscheiden zusätzlich innerhalb der Gruppe der Transfettsäuren:

Die natürlichen Transfettsäuren

von

den künstlichen Transfettsäuren.

Natürliche Transfette kommen z.B. vor in:
Milch, Milchprodukten und Fleisch.

Wenn der Verzehr dieser Nahrungsmittel sich in Grenzen bewegt, kommt Euer Körper mit diesen schädlichen Fettsäuren zurecht.

Für die zweite Gruppe, die der künstlichen Transfettsäuren gilt dies nicht.

Wie entstehen diese Transfettsäuren?

Diese nicht-natürlichen Transfettsäuren werden bei der industriellen Verarbeitung von ungesättigten Fettsäuren künstlich erzeugt.

Man nennt dieses Herstellungsverfahren die Fetthärtung.

Die Lebensmittelindustrie weiß ganz genau, dass sie bei der Produktion ihrer Nahrungsprodukte diese schädlichen Fettsäuren erzeugt.

Schauen wir nun einmal genauer hin und fragen uns:

Wobei entstehen diese Transfette?

Zum Beispiel bei zu starkem Erhitzen und vor allem bei mehrmaligem Erhitzen von eigentlich gesunden, pflanzlichen Ölen und Fetten während des Bratens oder beim Frittieren.

Eine treibende Kraft dafür sind erhöhte Temperaturen bereits ab 130 Grad.

Was passiert dabei mit den Fettsäuren?

Nun,

dabei wird die ursprüngliche Molekülstruktur negativ verändert.

Die Folge:

Im Körper bewirken sie einen negativen Effekt auf einen Teil des Cholesterins, Ihr erinnert Euch?

Es kann zur Gefäßverhärtung führen, der sogenannten Arteriosklerose. Sie lässt Gefäße verengen und verhärten. Dieser Vorgang ist bleibend. Er kann nicht wieder normalisiert werden, auch nicht durch Medikamente.

Schwere Krankheiten sind die Folge. Also, obacht!

Werfen wir nun einen Blick auf weitere Lebensmittel, in denen Transfette enthalten sind.

Zu nennen ist in erster Linie das sogenannte „fast food" und die Fertiggerichte: Pizza und Burger.

Auch Backwaren wie: Croissants, Berliner, Kekse, Chips, Flips, Popcorn und andere Knabbereien.

Ganz schön übel oder? Gerade das, was oftmals so lecker ist und nach mehr schreit. Ihr seht auch daran, dass Transfette in vielerlei Lebensmittel enthalten sind, die man Euch ohne vorherige Aufklärung anbietet.

Also, Vorsicht, schützt Euch davor!

Hinzu kommt erschwerend, dass die Industrie gelegentlich Tricks anwendet, um den Verbraucher zu täuschen und zum Kauf zu verleiten. Anstatt auf die Verpackung zu schreiben:

Das Produkt enthält Transfette, informiert der Hersteller mit anderen Namen, die täuschen sollen:

Enthält pflanzliches Fett, zum Teil gehärtet, oder ungesättigte Fettsäuren enthalten gehärtete Fette.

Wenn man über die unterschiedlich verwendeten Namen für diese ungesunden Transfette nichts weiß, glaubt man, wenn in einem Produkt ungesättigte Fettsäuren enthalten sind, dann sei damit alles OK.

Hier sei in Erinnerung gerufen.

Ungesättigte Fettsäuren sind doch eigentlich die guten Fettsäuren.

Eben nicht!

Sollten Euch die Produktinformationen des Herstellers keinerlei Auskunft über die Menge an Transfetten geben, die in ihnen enthalten sind, seid Ihr aufgeschmissen. Man sollte sich darauf verlassen können, dass es deklariert, also entsprechend leserlich gekennzeichnet wird.

Was könnt Ihr also tun?

Besser ist es, das Produkt nicht kaufen, denn Ihr könnt es dem Essen nicht ansehen.

Ihr braucht jetzt aber nicht denken, dass Ihr das alles nicht mehr essen dürft, weil Ihr sonst schwer krank werdet.

Nein,

das nicht, aber Ihr sollt wissen, dass es diese Transfette gibt und sie Schaden an eurer Gesundheit anrichten können, wenn man sie über längere Zeit in größerem Umfang ungezügelt isst.

„Na und wenn wir Hamster das essen," fragt Ham ängstlich und schaut ganz bedröppelt?
„Fallen uns am Ende noch unsere schönen Zähne aus? Dann lasse ich doch besser meine Finger von den Plätzchen."
Bitte informiert Euch daher über die Lebensmittel, die Ihr einkauft und schaut Euch auch genau an, was man Euch an Essbarem so schenkt, liest Sterchen weiter.

Die beiden Hamster haben nach all den Informationen wieder das Gefühl, dass es für heute erst mal reicht.
Zumal Ham nun feststellen muss, dass die "Leckereien", die er so gerne mitgenommen hätte, nun doch nicht so gesund für einen Hamster scheinen.
So schauen sich beide nochmals gründlich um, damit sie alles wieder so zurücklassen, wie sie es am Morgen vorgefunden haben.
Es soll ja weiterhin niemand merken, was da vor sich geht!
Ein verführerisch duftendes Stückchen Käse, das auf dem Boden liegt, kann Ham dann doch nicht liegen lassen oder wegräumen und meint zu Sterchen:
„Das nehme ich mit als Belohnung für mein aufmerksames Zuhören", und schaut dabei Sterchen unterwürfig und mit leichten Gewissensbissen an, während er das zuvor gesammelte Plätzchen dann doch zurücklässt.

Tag 4 - Donnerstag

Thema:
Eiweiß (Proteine)

Schlüsselwörter – key words
Muskeln, Eiweiß aus tierischer und pflanzlicher Herkunft, 20 Aminosäuren (AS), essenzielle AS/nicht essenzielle AS, biologische Wertigkeit, Zellen, Haare aus Eiweiß, der rote Blutfarbstoff Hämoglobin, Insulin, Eiweiß als Energieträger.

Heute ist Donnerstag, der 4. Tag der Woche.
Noch ist Platz in den kleinen Hamsterköpfen, um all das folgende Neue und interessante Wissen über die Ernährung aufzunehmen. Denn, es zeichnet sich ab, dass das Büchlein noch viele ungelesene Seiten aufweist.

Lena, die jüngste Tochter des Hauses, ist heute nicht mit Ihren Eltern in die Stadt gefahren. Sie muss sich auf eine bevorstehende Prüfung vorbereiten und erwartet zudem ein Päckchen mit wichtigen Büchern für einen Schulkurs.

Daher hat sie bereits frisches Leitungswasser und Futter für die Hamster verteilt und dabei entdeckt,
dass die Hamster gar nicht zu Hause sind, sondern außerhalb Ihres Käfigs unterwegs sein müssen.
Sie macht sich direkt auf, um sie zu suchen und hat so eine Ahnung, wo die beiden stecken könnten, denn irgendwie schienen sie Ihr in letzter Zeit verändert.
Als Lena an der Speisekammer ankommt, wollten sich die beiden Hamster noch schnell verstecken, da sie jemanden anderen aus der Familie vermuteten. Aber bei Lena ist das nicht nötig, denn von Ihr droht keine Gefahr und zudem hat sie schelmisch schmunzelnd die beiden bereits entdeckt.
Die beiden mögen Lena, die Jüngste der Familie am liebsten.
Sie erklären Ihr ausführlich, was sie seit Wochenbeginn in der Speisekammer gemacht haben, was sie bereits alles gelernt und gelesen haben und fragen sie sogleich, ob sie Lust und Zeit hat, mit ihnen gemeinsam zu lesen?
„Was meint Ihr mit lesen?", fragt Lena irgendwie ungläubig,
„was lest Ihr denn so Geheimnisvolles?"
Worauf Ihr Sterchen ganz stolz erklärt, was Sache ist.

Völlig baff steht Lena vor den Hamstern, mit weit aufgerissenen Augen und gespitztem Mund und muss sich erst einmal in den Schneidersitz zu den Hamstern auf den Fußboden setzen.

Sie beginnt sich wieder innerlich zu beruhigen, juchzt und jubelt nun und meint sogleich, dass das Buchthema auch für sie sehr, sehr interessant ist. Sie zeigt sich begeistert von der Idee, mit den beiden Hamstern gemeinsam zu lesen und zu lernen.

„Suuuper", jubelte nun auch Ham ohne zu überlegen,"6 Augen sehen schließlich mehr als 4 und mit Dir gemeinsam macht das sowieso viel mehr Spaß."

„Ja suuuper", drängelt Lena,

 „vielleicht kann ich ja schon den nächsten Abschnitt lesen? Zeigt mir bitte mal das geheimnisvolle Büchlein." Ham hat es vorschnell bereits zu Hand und schlägt das Buch bis zu der Seite auf, die sie am Vortag verlassen haben. Er reicht das Buch an Lena weiter, die sich schnell orientiert hat und sagt: „So Ihr beiden, die kommenden Seiten informieren uns über:

das Eiweiß in der Nahrung."

Kaum war die Ansage im Raum verklungen, beginnt Lena konzentriert und langsam zu lesen:

Eiweiß heißt so, weil man das Eiweiß zuerst im Ei entdeckt hat. Erstmals von Caspar Neumann (1683-1737) verwendet, bezeichnet es das Weiße des Hühnereies.

Heutzutage wissen viele Menschen und insbesondere die Kinder über Eiweiß und seine große Bedeutung nicht sehr viel,
wenn überhaupt.

Sie glauben vielfach, dass Eiweiß, auch Protein genannt, nur für Sportler und deren Muskeln von Bedeutung ist. Sie haben dabei die Bilder von Body-Builder vor Augen und über das, was man halt so hört und sieht, nicht nur im TV und den sozialen Medien.

Das ist aber ein großer Irrtum.

Eiweiß ist der heimliche Star unter den Nahrungsbestandteilen. Schaun` wir uns einmal an, wo es im Körper vorkommt.

Klar, im Körper finden wir es natürlich in bedeutender Mange in den Muskeln. Darüber hinaus ist es aber auch von großer Bedeutung:

Im Blut, in den Haaren und den Nägeln, als Transportstoff und als Blutprotein, bei der Antikörper-Immunabwehr wie auch als Enzym.

Enzyme beschleunigen viele Hundert Reaktionen im Körper! Ferner sind Proteine, alleine oder in Verbindung mit Kohlenhydraten als Baugerüst in fast allen Organen unentbehrlich.

Dies ist aber nur eine kleine Auswahl.

Wo wir schon einmal die Muskeln erwähnen.

Einen bedeutenden Muskel kennt Ihr alle ganz bestimmt, ohne den Ihr weder sprechen noch essen könntet.

Die Zunge!

Da seid Ihr platt! Oder? Dann sind da noch die Lachmuskeln bzw. all die vielen Muskeln, die die Mimik in unserem Gesicht formen, Muskeln, die die Augen bewegen und und und ...

und nicht zu vergessen:

Das Herz! Ohne diesen Muskel ginge gar nichts.

Ja, wenn man betrachtet, wie der ganze menschliche Körper zusammengesetzt ist, ein einzigartiges Wunderwerk, einfach irre!

Und wenn Ihr Euch alle einmal im Spiegel anschaut, was Ihr sicher gelegentlich tut, dann gilt,

dass Ihr das, was Ihr im Spiegel sehen könnt, also Euch selbst, zuvor als Nahrung gegessen habt!

Nach der Nahrungsaufnahme über Mund, Speiseröhre und Magen vollzieht sich nämlich im Körper während der Verdauung diese wundersame Wandlung vom Umbau der Nahrung zu deren einzelnen Bestandteilen. Also wird ein belegtes Brötchen zu:

Eiweiß, Fett und so weiter. Diese wiederum werden in ihre kleinsten Bausteine zerlegt.

Danach erfolgt der Abtransport über die Arterien und Kapillaren des Gefäßsystems zu den unterschiedlichen Zellen.

Aufgrund der genetischen Programme in ihrem Zellkern kennen die vielen voneinander unterschiedlichen Zellen, jede Zelle für sich, ihre nun bevorstehende Aufgabe und sie erfüllen diese wie durch ein Wunder.

So entstehen

unsere Gewebe, unsere Organe und damit wir als Mensch.

Aber welche Lebensmittel enthalten denn dieses vielversprechende Eiweiß?

Also, Eiweiß kommt in sehr vielen Nahrungsmitteln in unterschiedlichen Mengen vor. In manchen würden wir es überraschenderweise gar nicht vermuten.

Schauen wir uns das Eiweiß mal genauer an.

Wir unterscheiden:

Erstens, Eiweiß aus tierischer Herkunft als Fleisch. Das bedeutet, die Tiere müssen zuvor getötet und weiterverabeitet werden, um das Eiweiß zu gewinnen.

Zweitens, Eiweiß aus Pflanzen.

Pflanzen, die man selber ernten kann bzw. in einem Geschäft oder Markt kaufen und essen kann.

„Ist bis hierher alles klar, meine Lieben?
Ist mein Lesetempo nicht zu schnell?",
fragt Lena fürsorglich und sieht dabei speziell Ham intensiv in die zunehmend müden Augen.
Doch er signalisiert dann selbstsicher mit einer aufgestellten Pfote, dass alles OK ist.
Also, weiter geht's.

Lena liest sicher und betont, Zeile um Zeile.

Beide der genannten Eiweißgruppen enthalten Eiweiß, das sich aber in einer besonderen Eigenschaft voneinander unterscheidet.

So wie wir bereits bei der Besprechung von Nahrungsfett verschiedene Fettsäuren kennengelernt haben,
so findet Ihr in der Welt der Proteine unterschiedliche sogenannte Aminosäuren. Sie sind deren kleinste Bausteine.
Also, Eiweiß besteht aus Aminosäuren (AS).
Verschiedene Eiweiße bzw. Proteine sind aus vielen verschiedenen und zahlreichen Kombinationen von Aminosäuren zusammengesetzt. Manchmal sind es mehrere Hundert davon!

Es existieren 20 verschiedene Aminosäuren. Auch hier gibt es wieder einen wichtigen Unterschied.
12 von ihnen sind sogenannte nicht essenzielle AS,
das bedeutet,
der Körper verfügt über ein genetisches Programm, sie selber vollständig herzustellen. Ihr könnt sie also selber produzieren.
8 weitere Aminosäuren müssen aber durch unsere Nahrung in ausreichender Menge regelmäßig ergänzt, d. h. gegessen werden. Andernfalls drohen Mangelerscheinungen und/oder Krankheiten, sollten diese wichtigen AS für längere Zeit nicht essen.
Die zuletzt genannten 8 Aminosäuren heißen: essenzielle AS.
Ihr könnt den Hersteller des Nahrungsmittels bitten, Euch mitzuteilen, welche AS das Produkt enthält, oder Ihr versucht es über das Internet.

Wie zeigt sich denn ein solcher Mangel im Körper?
Es ist für medizinische Fachleute, Ärzte, Krankenschwester, Ernährungs-berater u. a. gar nicht so einfach, einen bestehenden Eiweiß-Mangel

aufzudecken. Der Grund dafür ist der, dass die betroffenen Patienten mit einer Vielzahl unterschiedlichster Beschwerden Rat suchen.

Ein Beispiel, um das zu verstehen: Jemand verliert vermehrt Haare. Wie gesagt, das kann vielfältige Ursachen haben:

Zum Beispiel durch einen Mangel an Vitamin B6, oder durch die Einnahme von Medikamenten, oder durch den Befall mit einem Kopfhautpilz, usw.

Aber auch durch das Fehlen von ganz bestimmten Aminosäuren, da unsere Haare aus Eiweiß bestehen!

Um keinen Mangel an Aminosäuren zu riskieren,
sollten wir uns daher:
Aus Fachbüchern, Lebensmittel-Tabellen, gezielt im Internet, usw. informieren,
in welchen Lebensmitteln welche AS und in welcher Menge vorkommen.

Mit diesem Wissen sind wir dann in der Lage, unser Essen entsprechend vollwertig auszuwählen und damit schon beim Kauf auf Nummer sicher zu gehen.

Und warum benötigt Ihr diese Zusatzinformationen zu den Aminosäuren überhaupt?

Nun, weil auf den Waren in den Geschäften lediglich die Gesamtmenge an Eiweiß benannt ist, nicht aber deren Aminosäuren Zusammensetzung! Diese vollständige Aufklärung müsste aber völlig normal sein, geschieht aber nicht.

„Ham", unterbricht Sterchen „was haben wir Hamster es da einfach. In den wenigen Körnern, dem Salat oder dem Gemüse, das wir essen haben wir alles schon völlig ausreichend beisammen."

Lena fährt fort:

Wie wichtig ist es denn, das in der Praxis das zu wissen?

Hier die Antwort:

Eiweiß, haben wir gerade gelernt, besteht aus Aminosäuren. Ein weiteres, wichtiges Beispiel eines Proteins lernt Ihr jetzt kennen.

Es heißt: roter Blutfarbstoff oder Hämoglobin.

Der rote Blutfarbstoff, der den Sauerstoff transportiert, besteht aus fast 300 der bekannten 20 Aminosäuren. Nach einer genetisch festgelegten Reihenfolge erfolgt die Bildung dieses Stoffes. Damit das möglich wird, müsen diese 20 AS in einer ausreichender Menge zur Verfügung stehen.

Ist das nicht der Fall, droht ein Mangel, der ernste, gesundheitliche Folgen hat.

Denn, ohne das Hämoglobin ist beim Menschen kein Leben möglich.

Folglich ist auch ohne seine speziellen Aminosäuren kein Leben möglich!

Jedes Eiweiß aus unserer Nahrung hat ein ganz spezielles, sogenanntes Aminosäure-Muster,
d. h. eine individuell verschiedene Zusammensetzung, die immer genetisch vorbestimmt ist.
Störungen in der "Programmiersprache der Zelle" können auch dann zu gesundheitlichen Problemen führen wenn ausreichend AS vorhanden sind.
Beispiele sind Gendefekte bei der Geburt, oder durch Strahlenschäden, oder auch Pestizide.

„Welche zwei Typen Aminosäuren gibt es?", fragt Lena die beiden Hamster. Habt Ihr das noch behalten?"
Sterchen kommt Ihrem Bruder zuvor und sagt
„essenzielle und nicht essenzielle Aminosäuren".
„Richtig", lobt Lena erfreut und stellt fest
„das habe ich bisher gar nicht gewusst. Ihr wahrscheinlich auch nicht?
Wow. Weiter gehts'."
Lena blättert um und fährt fort.

Wir schauen uns jetzt einmal gemeinsam an, wie das Eiweiß aus unserer Nahrung zum Eiweiß in unserem Körper wird?
Hierfür gilt:
Das Nahrungseiweiß muss nach dem Verzehr im Verdauungstrakt, unter Einwirkung verschiedener Organe, zu Aminosäuren zerkleinert werden.
Danach werden diese im Blut zu den Zellen gebracht, wo sie wieder zu einem speziellen, zelltypischen Körpereiweiß zusammen gesetzt werden.
Was heißt das?
Wie schon gesagt, aus Aminosäuren werden dann in den Haarzellen Haare gebildet, beziehungsweise an den Fingern und Füßen die Nägel, bzw. Haut, Augen, Ohren, usw.
Und damit das gegessene Eiweiß auch zu 100 % das spezielle Körpereiweiße ersetzen kann, hat man dafür einen Begriff eingeführt, der diese Wertigkeit beschreibt.

Dieser Begriff lautet: die biologische Wertigkeit.
Ob also der Eiweiß-Ersatz wirklich zu 100 % klappt hängt maßgeblich von der Zusammensetzung der verschiedenen Aminosäuren in der Nahrung ab.
Eiweiß und Kartoffeln enthalten Eiweiß.
Eine Kombination aus dem Vollei und der Kartoffel liefert die höchstwertige Aminosäurezusammensetzung!
Sie sind die Stars in der Nahrung.
Was bedeutet das?
Wenn wir zum Beispiel Kartoffeln zusammen mit Voll-Ei essen, dann können wir nicht nur 100 % sondern 130 % des Eiweiß bei der Regeneration im

Körper ersetzen. Also 30% zusätzliches Eiweiß. Es hat eine 30% höhere biologische Wertigkeit!

Idealerweise sollen 100 % des gegessenen Eiweiß, 100 % des Körpereiweiß ersetzen können. Das wird in unserem Beispiel, wie soeben erfahren, sogar deutlich übertroffen!

Nochmals, der Grund liegt in der besonders wertvollen Aminosäurenzusammensetzung.

Man wird also versuchen, stets eine hohe biologische Wertigkeit im Essen herzustellen.

Um das an dieser Stelle nochmals zu verdeutlichen:

Diese Besonderheit bezieht sich auf diejenigen Aminosäuren, die der Körper nicht selber herstellen kann, also die essenziellen Aminosäuren.

Die zweite Gruppe, die der nicht essenziellen Aminosäuren kann der Körper in einem speziellen Stoffwechselweg je nach Erfordernis selber produzieren!

Beachtet bitte ferner,

in diesem Kartoffel-/Ei-Beispiel wird ein tierisches und ein pflanzliches Nahrungsmittel kombiniert!

Warum ist das erwähnenswert?

Tierische und pflanzliche Nahrungsmittel haben unterschiedliche Anteile an Aminosäuren.

Alle Menschen, die sich ausschließlich von Pflanzen ernähren, müssen sich ganz besonders intensiv mit den essenziellen Aminosäuren befassen um keinen Mangel zu erleiden. Krankheiten sind so zu vermeiden.

Also, auch hier gilt erneut:

Es ist besser, sich selber ausführlich zu informieren, um beim Kauf nicht auf die verführerische Werbung der Lebensmittel-Industrie und anderer Kreise hereinzufallen.

Einen wichtigen ersten Schritt in die richtige Richtung habt Ihr aber mit dem Kauf dieses Büchlein bereits gemacht und eine weitere Lektion gelernt, die Euch aufklären hilft.

Noch etwas.

Ihr habt ja alle schon mal Eiweiß gegessen, aber

Ihr habt vermutlich nicht gewusst, dass Ihr es gerade gegessen habt, oder?

Der Grund dafür ist: Eiweiß kann man in der Nahrung weder erkennen noch schmecken oder riechen!

Also, das bestätigt, was ich zuvor bemerkte: Ihr müsst etwas darüber wissen, um mitreden zu können.

Aber.., Ihr seid ja auf dem aller besten Weg dazu.

Damit das ganze „Gelabere" für Euch besser vorstellbarer wird, nenne ich jetzt einmal einige Lebensmittel, die Eiweiß in größeren Mengen enthalten und Ihr werdet überrascht sein.

Lena zählt sie nun nacheinander auf und ist selber baff:

Haferflocken,

Cornflakes,

Linsen,

Reis,

Mehl, Brot, Brötchen,

Fisch,

Wurst,

Milch,

Käse,

Soja,

Fleisch,

usw.

Lena kannte jedes der genannten Lebensmittel, jedoch unsere Hamster mussten etwas verwundert zur Kenntnis nehmen, dass Ihr gewohntes Hamsteressen so ganz anders ist.

Nur die Haferflocken sind den beiden vertraut.

Lena zeigte sich ziemlich überrascht, dass selbst Linsen Eiweiß enthalten und sogar ziemlich viel!

Je nach Sorte, und es gibt viele, sehr viele Linsen-Sorten – sind bis zu 20g Eiweiß in 100g Linsen enthalten, man sagt 20g %.

„Ich habe Linsen immer schon gerne gegessen", stellt Lena daraufhin erneut fest und liest:

Gleiches gilt auch für das Mehl, das man aus den verschiedenen Getreidesorten gewinnt. Sogar aus Reis kann man Mehl herstellen. Hingegen fehlt Eiweiß weitgehend im Salaten und dem Obst.

Wie gesagt, Ihr könnt in Büchern, im Internet, im TV, in Zeitschriften usw. dazu noch viel mehr ausführlich nachlesen!

Ja,

wenn man sich mit all dem konsequent beschäftigt, dann wird man richtig klever und kann mitreden. Am Ende weiß man genau, was gesund ist und was der Körper dringend braucht, um weiter ungestört zu wachsen und um gesund und leistungsfähig zu bleiben.

Ihr alle wachst noch jeden Tag, merkt das aber nicht so richtig. Am ehesten fällt es an Haaren und Nägeln auf.

„OK, aber in der Schule habe ich von alledem noch nicht so viel gehört", bemerkt Lena enttäuscht und liest weiter.

Sterchen ist richtig froh, dass sie diesmal nicht alles alleine vorlesen muss und lauscht den weiteren Zeilen gespannt. Alle drei sind sehr zufrieden miteinander.

„Wofür brauchen wir denn Eiweiß in unserem Körper?", fragt Ham.
Nach einer längeren Schweigezeit registriert er dann doch schnell, dass die beiden ihn seltsam ansehen, schließlich ist dazu bereits einiges gesagt worden.
Lena liest dazu:
Nun, wir benötigen Eiweiß, wie schon eingangs erwähnt u.a. als Baustoff.
Das Gen im Inneren der jeweiligen Organzelle setzen Reaktionen in Gang, die frische Zellstrukturen, ja sogar ganze Zellen und Gewebe und damit ganze Organe neu bilden.
So werden in regelmäßigen Abständen Zellen auch wieder komplett ersetzt, die beschädigt waren oder zu alt geworden sind.
Betrachten wir hierzu einmal unsere Lunge.
Sie hat bei Erwachsenen eine Oberfläche von etwa 100 qm!, also 10x10 m!
Für den vollständigen Lungenaufbau sind spezielle Proteine notwendig. Ein sehr wichtiger Teil des Lungengewebes sind die elastischen Faserproteine.
Sie ermöglichen es, dass die Lunge als Ganzes sich aktiv ausdehnen und wieder passiv entdehnen kann.   Diese Bewegung ermöglichen die Atemmuskeln.
Im Prinzip funktioniert die Lunge wie Gummibänder.
Eiweiß kommt somit nicht nur in den Zellen aller Organe vor, sondern auch außerhalb der Zellen im sog. Zwischenzellraum.
Andere Zellen in:
Der Bauchspeicheldrüse, der Nebenniere, den Geschlechtsorganen, dem Gehirn u.s.w., stellen ebenfalls, nach einem festgelegten genetischen Plan, aus Aminosäuren lebenswichtige Hormone her, um sie dann an das Blut abzugeben. Das Blut transportiert sie danach zu ihrem Zielorgan, an dem sie Ihre Wirkung entfalten.
Hierzu ein Beispiel:
Bestimmte Zellen der Bauchspeicheldrüse produzieren ein Hormon, das wir Insulin nennen. Davon habt Ihr bestimmt schon behört.
Insulin wird benötigt, damit Zucker aus dem Blut ins Zellinnere gelangen kann.
Zucker ist ein sehr wichtiger, schnell veerfügbarer Energieträger.
Er wird in den Zellen in vielen Teilschritten abgebaut. Im Idealfall, das heißt, wenn genügend Sauerstoff vorhanden ist, dauert Abbauprozess bis zu seinen Endprodukten:
Kohlendioxid (CO_2), Oxidationswasser und Energie!

Wenn die Zellen der Bauchspeicheldrüse Insulin nicht bilden können, weil sie z.b. nach Entzündungen geschädigt sind
oder
die Zellen dieses Programm zur Herstellung nicht in ihren Genen besitzen, wie speziell bei manchen Kindern oder Jugendlichen, dann werden diese Menschen „zuckerkrank". Man nennt Sie auch Diabetiker. Sie müssen nun ein Leben lang Insulin von außen zuführen.

Eine weitere Bedeutung von Eiweiß sei hier noch erwähnt:
Eiweiß kann wie auch Zucker und Fett zur Energiegewinnung verwendet werden.
1 Gramm Eiweiß liefert, ähnlich wie 1 Gramm Zucker, beim vollständigen Abbau ca. 4,1 kcal an Energie.

Dieser Stoffwechselweg findet in der Leber statt, ist aber nur in Ausnahme-situationen notwendig.
Solche Situationen sind:
Hungern über längere Zeit, selbst gewähltes Fasten oder bei Mangel- und Fehlernährung, wie auch bei sehr schweren Erkrankungen.

Der Körper versucht aber in den genannten Notsituationen erst einmal den Eiweißspiegel, oder auch Eiweisskonzentration, im Blut konstant zu halten.

Wie schafft dies der Körper? Die Anwort:
Er verwendet dafür eigenes Eiweiß.
Das dafür notwendige Eiweiß gewinnt er durch den Teilabbau der eigenen quergestreiften Bein- und Armmuskeln. Sie bestehen ja, wie bereits gesagt aus hochertigem Eiweiss.
In der folgenden Eiweißverwertung entstehen Aminosäuren, die zur Weiterverwendung über den Blutweg an die Mangelzellen freigesetzt werden.
Eine weitere Verwendung des Muskeleiweißes besteht darin, dass es in den Zuckerabbaustoffwechsel eingeschleust wird.
Hier bilden sich nun die bereits erwähnten Abbauprodukte (CO_2 und Wasser) sowie sehr energiereiche Moleküle (ATP), die direkt wirksam werden können.

Das alles zusammen sind sehr komplizierte chemische Reaktionen, die unbemerkt von unsem Bewußtsein ablaufen und keinerlei Störungen tolerieren.
Erst wenn das alles nicht mehr möglich ist, oder die Stoffe verbraucht sind, treten Störungen in verschiedenen Systemen der inneren Organe, dem Gehirn, dem Nerven-oder Herz-Kreislaufsystem auf.

„Also meine Lieben", liest Lena laut vor,
„eigentlich ist alles das, was im Körper wie selbstverständlich geschieht ein riesiges Wunder! Das Wunder unserer Ernährung!
Oder wie seht Ihr das?
Ohne dass wir darüber nachdenken müssen, passiert in unserem Körper in jeder Sekunde alles zu unserem Besten.
Sollten wir dennoch einmal krank werden, gibt es wieder ohne unser Dazutun ein Körperprogramm, das uns wieder gesund macht. Manchmal ganz von alleine."

„Ist das toll", schwärmt Sterchen, das kann sich von den Menschen doch niemand ausdenken. Das kann allein nur die Natur."
„Ja, das ist wirklich toll", schwärmt nun auch Ham und Lena ist glücklich, die beiden Hamster an Ihrer Seite jetzt schon wie zwei neue Mitschüler zu erleben.
Aber Lena hat auch einen Blick auf Ihre Uhr geworfen und gesehen, dass sie sich jetzt wieder um Ihre Schulaufgaben kümmern muss.
Also beenden Sie die heutige „Sitzung" aber nicht, bevor Ham Lena gebeten hat, ihm nun doch ein Plätzchen aus der Vorratsdose im obersten Regal zu reichen.
Gesagt, getan.

„Transfette hin, Transfette her. Bestimmt sind in diesen Plätzchen keine dieser schädlichen Fette enthalten", ruft Ham und steckt das rasch zerkleinerte Plätzchen in seine leeren Backenvorratstaschen, bevor Sie sich auf den Rückweg machen.
Alle 3 zeigen sich jetzt sehr zufrieden und glücklich über den gemeinsamen Vormittag. Dieser hat gewiss die Bindung von Lena zu den Hamstern noch weiter gefestigt.

Tag 5 - Freitag

Thema:
Zucker (Kohlenhydrate), Ballaststoffe und Vitamine.

Schlüsselwörter – key words
Kohlenhydrate, Zucker, Glucose, Fructose , Haushaltszucker, Mehrfach-zucker, Speicherform, Glykogen,Zuckeraustauschstoffe, zuckerähnliche Stoffe,Süßstoffe,fettlösliche bzw. wasserlösliche Vitamine, Vitamin-D, Vitamin-A, Ballaststoffe, Gift-und Schadstoffe, Mikrobiom, E-Nummern.

Ein weiterer Tag bricht an, der Freitag.
Die gut gelaunten Hamster sind ausgeschlafen für einen neuen Speisekammertag. Sie haben sich bereits ein kleines Frühstück gegönnt, frisches Wasser und Ihre Lieblingskörner, und sind fürs Erste satt.

Damit die Speisekammer ihren Namen zu Recht bekam, haben sich Ham und Sterchen schon jetzt vorgenommen, zum Abschluss des Tages sich etwas besonders Leckeres von dem zu gönnen, das seit dem gestrigen Einkauf der Familie ggf. noch nicht eingeräumt wurde.
Doch als Sie vor der Speisekammer ankommen, müssen Sie entgegen Ihren Erwartungen feststellen, dass die meisten Lebensmittel aus dem Einkauf bereits eingeräumt sind.
Enttäuschung macht sich breit. Ham scheint schon ein wenig geknickt zu sein. Doch Sterchen muntert ihn mit Ihrem Optimismus rasch wieder auf, zumal sie etwas entdeckt hat, was die getrübte Stimmung spielerisch wieder verschwinden lässt.
An den mitgebrachten Gummibärchen sowie den Walnüssen hatte schon jemand genascht und diese nur hastig, nicht sorgfältig weggeräumt.
Und zwar so hastig, dass aus dem geöffneten Päckchen einige Gummi-bärchen wie von selbst auf den Boden fallen konnten.
Leichte Beute für unsere Hamster!
Ham hat sich schwups eines von ihnen geschnappt und in seiner Backen-tasche verpackt, um es quasi peu à peu, während er zuhört, genüsslich zu lutschen. Er meint, so habe er mehr davon und während er den Satz beendet, lutscht er bereits die erste Ladung, die mit Spucke vermischt ziemlich fruchtig-süß schmeckt und sooo lecker ist.

Auf der oben liegenden Packung kann Sterchen trotz der kleinen, bunten Aufschrift gerade noch lesen:
Enthält keinen **Zuckerzusatz**.
Mit mehreren Vitaminen angereichert.
Energie: 450 kcal je 100g.

Ham ist ganz verunsichert.

„Was ist denn Zuckerzusatz und was sind denn Vitamine?
Kann ich das trotzdem essen?", fragt er Sterchen.

Sterchen hat Ihren Bruder gehört, und als sie zeitgleich das Büchlein aufschlägt und Ihr Blick auf die gestern gelesene Seite fällt, ruft sie:

„Was für ein Zufall Ham. Deine Frage ist wunderbar geeignet, um im neuen Kapitel die passende Antwort zu erfahren."

Worauf Sterchen sogleich zu lesen beginnt:

Liebe Kinder und Jugendliche,

jetzt kommt vielleicht Euer Lieblingskapitel, denn es geht um nichts Geringeres als das Süße im Essen,

den Zucker.

Man kann Zucker zwar nicht immer in den Lebensmitteln sehen, aber dafür umso mehr schmecken. Gelegentlich ist er als Puderzucker bei „Berlinern" und anderen leckeren Backwaren gut sichtbar.

Also ganz sicher,

jedes Kind kennt diesen Geschmack. Jeder weiß, wie süß, verlockend und unwiderstehlich ein solcher Berliner schmeckt, der zudem noch im Original mit Marmelade gefüllt ist.

Das genau ist aber auch die Gefahr, die vom Zucker ausgeht bzw. allen anderen verschiedenen Sorten von Süßwaren. Das werden wir gleich noch genauer hören.

Wenn wir im Alltag von „Zucker" reden, meinen wir meistens den sogenannten Haushaltszucker.

Er besteht chemisch betrachtet aus zwei! Einfachzuckern. Er ist also ein Gemisch, quasi ein Doppelzucker bestehend aus:

Traubenzucker auch Glucose genannt und dem Fruchtzucker der, in der Fachsprache, Fructose heißt.

Ursprünglich ist der Fruchtzucker, wie es der Name besagt, Zucker aus der jeweiligen Frucht und verleiht ihr den süßen Geschmack.

Die Lebensmittel-Industrie stellt Fruchtzucker in grüßen Mengen auch künstlich her, mischt ihn dem Essen bei und gibt dem Käufer oftmals nicht zu erkennen, dass die verwendete Fructose industriell, also künstlich gefertigt und zugesetzt ist!

Sie ist ein „Fake", wie man heute sagt. Kein echter Fruchtzucker, auch wenn die Süßkraft vorhanden ist und manchmal sogar noch verstärkt schmeckt.

Also aufgepasst!

Für euren Stoffwechsel ist es unbedenklich, geringe Mengen an Fruchtzucker zu essen.

Ein zu viel an Fruchtzucker, wie Zucker generell, wandelt der Körper in der Leber erst einmal in Fett um, falls er nicht unmittelbar verbrannt werden kann und speichert das Fett.

Denkt bitte daran!

Beide soeben genannten Zuckertypen gehören zu einer chemischen Familie, die wir Kohlenhydrate nennen.

Auch das habt Ihr alle irgendwo schon einmal gehört.

„Selbst wir Hamster", ruft Ham dazwischen und ergänzt,

„ich bin heute zwar ein sehr aufmerksamer Zuhörer, werde mir aber trotzdem nicht alles behalten können. Ich habe keinen guten Tag erwischt."

Ja, es ist schon ein Unterschied, ob man das Gehörte nur gehört hat oder auch verstanden und behalten hat, denkt sich Sterchen bei sich. Trotzdem meint sie:

„Sei unbesorgt Ham, mir geht es gerade genauso, aber vielleicht können wir zu unserer Entlastung, gemeinsam mit Lena, immer wieder unser Wissen auffrischen, indem Sie uns vorliest und das eine oder andere wiederholt. Jetzt haben wir ja einen Anfang gemacht,"

bemerkt Sterchen stolz und richtet Ihren wunderschönen Goldhamsterpelz ein wenig eitel auf.

Dann senkt Sie wieder Ihren Blick auf die Buchstaben des Buches, konzentriert sich erneut und fährt fort zu lesen:

Die kleinste Menge Zucker, ein einziges Molekül ist chemisch betrachtet schon ein ziemlich großer Brocken!

Es besteht aus 3 ganz verschiedenen Elementen.

Ihr erinnert Euch, was Elemente sind?

Diese kommen sogar im Molekül Glucose gleich mehrfach vor.

Es haben sich in einem Molekül Glucose folgende Elemente zu einer chemischen Verbindung zusammengeschlossen:

6 x Kohlenstoff

12 x Wasserstoff

und

6 x Sauerstoff

Wenn weitere Zuckermoleküle sich chemisch miteinander verbinden, bildet sich eine lange Molekül-Kette.

Diese Kette bildet wieder eine Zuckerverbindung, die man jetzt Mehrfachzucker oder Polysaccharid nennt.

Ab einer bestimmten Anzahl an Molekülen, nennt man dieses Zuckergroß-molekül: Glykogen.

Glykogen ist somit im Körper das Speichermolekül, wenn von Zucker ein Überangebot herrscht.

Es wird zu 1/3, ca. 200 g, in den Leberzellen und zu 2/3, ca. 400 g, in den Muskelzellen auf Abruf gelagert.

Zuckermoleküle oder Kohlenhydrate kommen in der Natur in Pflanzen in vielfältiger Form vor. Die nicht essbaren wie auch essbaren Pflanzen bestehen zum größten Teil aus solchen Mehrfachzucker.

Wir alle können essbare Pflanzen wie: Salate, Gemüse, Pilze, Obst,

zwar essen,

aber unser Körper kann nicht alle Anteile der Kohlenhydrate einer Pflanze vollständig verdauen.

Was bedeutet das?

Es bedeutet,

nicht alle kohlenhydrathaltigen Pflanzenteile können zu kleinen, nutzbaren Glucosemolekülen abgebaut werden um sie als Energielieferant oder zum Zellaufbau zu verwenden.

Von den Pflanzen bleibt daher ein Nahrungsrest im Darm zunächst ungenutzt übrig.

Diesen Rest nennen wir unverdaute Pflanzenteile oder mit einem gängigeren Begriff: Ballaststoffe.

Jetzt könnte man denken, die Natur hätte da einen Fehler gemacht.

Nahrung ungenutzt im Darm zu transportieren. Ja, wozu denn das?

Aber,

Ballaststoffe sind für den Körper kein hinderlicher Ballast, wie es der Begriff vermuten lässt, sondern sie besitzen die Eigenschaft, freies Wasser im Darm zu binden.

Indem sie dies tun, quellen die Ballaststoffe auf und vergrößern ihr Volumen um ein Vielfaches.

Dadurch nimmt der Druck auf die Schleimhaut der Darmwand zu. Dieser Druck überträgt sich auf die Muskulatur in der Darmwand und löst rhythmische, verengende Bewegungen aus, man spricht von sagt Kontraktionen in Richtung Darmausgang.

So wird die unverdaute Speise als Stuhl zum Darmende befördert und ausgeschieden.

Diese in Bewegung geratenen Ballaststoffe binden und entfernen zeitgleich Gift- und Schadstoffe.

„Wieso sind denn Gift und Schadstoffe in der Nahrung?", fragt Ham ganz empört.

„Ja, das könnt Ihr Hamster nicht wissen", ergänzt Lena, aber in unserer heutigen Umwelt sind verbotenerweise vielerlei „unreine" Stoffe enthalten, die zum Teil sehr schädlich sind:
Mikro- und Nanokunststoffe, Pestizide, Stickoxide, Medikamentenreste, Schwermetalle wie Quecksilber.
Ich kann hier nur einige nennen, weil das Thema zu umfassend ist. Ein Teil der unnützen Stoffe wird im Körper deponiert oder wird über den Urin, die Gallenflüssigkeit bzw. den Darm entsorgt.
Ein weiterer Teil kann in die Blutbahn geraten und mögliche Schäden an den Organen verursachen.

In neuester Zeit informieren spezielle Sendungen im TV sowie weitere Medien immer ausführlicher die „Öffentlichkeit" über eine weitere wichtige Aufgabe der Ballaststoffe im Darm.
Diese beherbergen eine Vielzahl kleiner Mikro-Organismen. Ich spreche von „Bewohnern im Darm". Damit gemeint sind ungefährliche Bakterien und andere Mikroorganismen, die den Darm gesund erhalten. Dieses lebendige Bio-System wird Mikrobiom genannt.

„Schon wieder ein Fremdwort," nörgelt Ham wieder mal dazwischen,
„können, die denn nicht durchgängig Deutsch reden?"
„Warte doch ab, es wird bestimmt gleich erklärt," beruhigt Sterchen einmal mehr Ihren Bruder und fährt fort.

Im Dickdarm, dem hinteren Darmbereich, leben viele Millionen ganz unterschiedlicher Mikroorganismen, die alle gesundheitserhaltende Eigenschaften besitzen.
Jeder Mensch hat im Darm, genetisch bedingt, seinen eigenen, individuellen Bakterienstamm, wie man sagt.
Der Darm ist quasi deren zu Hause oder auch Hotel mit Vollverpflegung. Und wenn sie von uns regelmäßig und ausreichend mit Ballaststoffen versorgt werden, unterstützen sie uns auf ganz besondere Art und Weise. Ein solches Verhalten nennen wir Symbiose.
Sie produzieren Stoffe, die wesentliche Teile unserer Körperabwehr anregen und tragen dazu bei, dass wir weniger Entzündungen wie auch Infektionskrankheiten bekommen.
Bei Erwachsenen beträgt das Gesamtgewicht aller Mikroorganismen im Darm unvorstellbare 2 kg!
Hättet Ihr das gedacht?
„Das ist ja mehr als Du und ich zusammen wiegen. Stell Dir das mal auf einem Haufen vor," ruft Ham völlig verstört und hätte sich fast verschluckt, denn er hat noch einen kleinen Rest Gummibärchen im Mund zerteilt.

„Ja, Ham, ist ja gut. Kommen wir bitte zum Thema Zucker zurück," meint Sterchen, drängelt ein wenig, weil beide heute schon ziemlich viel Zeit in der Speisekammer verbracht haben und fährt daher rasch fort zu lesen:
Zucker ist für den Körper enorm wichtig. Besonders dann, wenn der Körper zum Beispiel bei anstrengender, körperlicher Arbeit schnell Energie im Gehirn und in der Muskulatur bereitstellen muss.
Dann werden beim Abbau pro Gramm Zucker aus der Nahrung 4,1 kcal an Energie frei. Das ist genausoviel Energie wie in einem Gramm Eiweiß (Protein) enthalten ist.
Erinnert Ihr Euch?

Hier ein Beispiel für Ham und Sterchen, um es klarer zu machen:
So ein kleines Gummibärchen wiegt 1,6 g.
Davon bestehen 1,2 Gramm aus reinem Zucker.
Das macht ca. 4,8 kcal pro Gummibärchen! Für einen kleinen Hamster ist das schon eine echt beträchtliche Menge an Kalorien!

Man kann sagen: Zucker ist das Benzin für unseren Körper und wird immer dann genutzt, wenn wir schnell Energie im Stoffwechsel brauchen.
Das ist im Gehirn immer der Fall, aber noch mehr bei intensiven körperlichen Anstrengungen oder im Stress.

Hier noch einmal eine Wiederholung zum besseren Verständnis.
Wir können also
aus Zucker,
aus Fett,
und
im Notfall aus dem Körpereiweiß
Energie gewinnen.

Wir haben auch schon gehört, dass eine relativ geringe Menge Zucker in einer Speicherform, die wir Glykogen nennen, in der Leber gespeichert wird.
Wir sprechen von 200 g oder umgerechnet etwa 900 kcal. Das entspricht also gerade mal dem Bedarf unseres Körpers für eine Nacht, in der wir ja bekanntermaßen im Schlaf nicht essen.
Und auch hier nochmals zu Eurer Erinnerung.
Wo liegen die Glykogenspeicher?
Richtig, überwiegend in den Zellen der Muskeln und der Leber!
Wir haben ferner bereits gelesen, dass Fett im Körper ebenfalls gespeichert werden kann, aber in viel, viel größerer Menge und in fast allen Organen.

Hier ein Vergleich der Speicherformen von Zucker und Fett miteinander:
Erwachsene lagern 20-30 kg an Fett in Zellen ein.
Das sind 20.000 g bzw. 30.000 g oder 180.000 kcal. bzw. 270.000 kcal. -
Eine Unmenge!
Wir könnten wochenlange hungern und würden von diesem Fett ausreichend mit Energie versorgt. Nein, wir würden in dieser essen freien Zeit nicht an Energiemangel sterben!

Bei Kindern und Jugendlichen ist das natürlich ein wenig anders. Klar, auch bei ihnen würde der Vorrat an Fett lange Zeit zur Verfügung stehen.
Noch ein Gedanke.
Was passiert, wenn wir viel mehr Zucker essen, als wir benötigen und das über längere Zeit?
Man könnte vermuten, der Körper entledigt sich dieser überflüssigen Menge mit dem Stuhl.
Aber nein.
Wir haben es schon erwähnt.
Überschüssiger Zucker wird nicht über den Darm mit dem Stuhl ausgeschieden, sondern der Zucker wird im Stoffwechsel zu Fett umgebaut und als Fett gespeichert.
Die Fettzellen befinden sich mantelfärmig, hauptsächlich:
Um die inneren Organe im Bauchraum und in der Unterhaut.
Ihr kennt doch alle Menschen mit dicken Bäuchen aus dem Alltag? Das ist keine Luft, die den Bauch aufbläst, sondern das alles ist abgelegtes Fett, sogenanntes Bauchfett! Es ist maximal schädlich und leistet Krankheiten „gute Dienste".
Ham, schaut gerade beschämt auf seinen kleinen, dicken Bauch, stupst mit dem Zeigefinger darauf und meint „aber ein schlanker Hamster ist ja nicht gerade attraktiv oder?",Sterchen schaut ihn dabei mitleidig aus dem Augenwinkel an, weiter geht's.

Kohlenhydrate, die außerhalb unseres Körpers in der Natur in großen Mengen vorkommen, haben noch weitere Aufgaben.
So werden Kohlenhydrate bzw. „Zucker" industriell vielfältig genutzt zur Produktion von:
Papier aus Holz, Kleidung aus Baumwolle, Leinen, Filz, Flachs
und vielem mehr.
In unseren Körpern haben Kohlenhydrate neben der Energiebereitstellung weitere bedeutende Aufgaben.
Sie werden als Bausubstanz für unsere Organe genutzt, damit diese eine feste Form für die dafür vorgesehene Funktion erhalten.
Es wird quasi ein Organgerüst aufgebaut. Dieses Gerüst besteht meist aus festen Fasern. Dazwischen finden wir die spezifischen Zellen der Organe,

die wiederum aus Verbindungen von Kohlenhydraten mit anderen Stoffen wie den Fetten und Eiweißkörpern bestehen.

Gerade als Ham das letzte Stückchen Gummibärchen verspeist hat, fällt ihm noch ein, was auf der Gummibärchentüte geschrieben stand.
Er brummelt vor sich hin:
„Kein Zuckerzusatzt und nicht mit Vitaminen angereichert."

„Stimmt Ham" lobt ihn Sterch, „Du hast gut aufgepasst und wie ich sehe, gleich im nächsten Abschnitt wird dazu eine Erklärung geliefert, ich lese vor:"
Es gibt neben dem Haushaltszucker
zuckerähnliche Stoffe, die von Firmen der Lebensmittelindustrie hergestellt werden.
Das Ziel der Firmen besteht darin, durch mehr künstliche, nicht natürliche Süßkraft den bereits süßen Geschmack der Produkte zu steigern, um mehr Umsatz zu machen.
Dadurch sollen Kunden gezielt an Süsses gewöhnt, ja süchtig gemacht werden. Alles soll noch süßer schmecken.
Der Industrie dient diese Manipulation ausschließlich dazu, mehr Produkte zu verkaufen und insbesondere die jüngere Generation, Kinder und Jugendliche, so früh wie möglich konsumabhängig zu machen.
Die Folge dieses Marketings:
Es gab noch nie so viele übergewichtige Kinder und Jugendliche wie heute.
Und das gilt für beiderlei Geschlecht!

Diese zuckerähnlichen Stoffe
besitzen Süßkraft unterschiedlicher Stärke und sind, man soll es nicht glauben, trotzdem leicht kalorienhaltig, jedoch weniger als im Haushalts-zucker.

Zu diesen zuckerähnlichen Stoffen zählen:
1. Die sogenannten Zuckeraustauschstoffe, die auf der Verpackung der Lebensmittel mit E Nummern gekennzeichnet sind.

   Beispiele hierfür sind:

E 420 Sorbitol, E 421 Mannitol, E 953 Isomalt, E 965 Maltitol,

E 966 Lactitol, E 967 Xylitol (Birkenzucker), E 968 Erythritol

Sie benötigen kein Insulin zu deren Abbau.
Die Lebensmittelindustrie fügt sie bei der Herstellung Ihrer Waren zur Versüßung hinzu, immer mit dem Ziel, dem Wunsch des Kunden nach süßem Geschmack der Waren entgegenzukommen.

Wir finden Zusatzstoffe aber auch in:
Kaugummi, Zahnpasta, Speiseeis, Obstkonserven, Gelees, Marmeladen, Süßigkeiten, Feinkostsalaten, Senf, Getränken wie alkoholfreiem Bier und vielen anderen!
Es ist eine fast unübersehbare Zahl an Nahrungsmitteln.

Süßstoffe, meist künstlich hergestellt, sind ebenfalls durch E-Nummern gekennzeichnet.
Einige Beispiele seien hierzu genannt:
Acesulfam K (E 950), Aspartam (E 951), Cyclamat (E 952), Saccharin (E 954), Sucralose (E955), Thaumatin (E957), Neohesperidin DC (E 959).
Geläufiger sind Handelsnamen dieser Produkte, wie:
Assugrin®, Natreen®, etc.
Süßstoffe können aber auch natürlich sein (Stevia®).

Chemisch betrachtet handelt es sich in keinem Fall um Zuckermoleküle. Sie besitzen aber erhebliche Süßkraft, was der Absicht der Industrie zu 100 % entspricht.
Bereits jetzt schon belegt eine Vielzahl an wissenschaftlichen Studien zu diesem Thema für die USA eine Zunahme des Süßstoffkonsums bei Kindern seit dem Jahr 2000 um das Dreifache!
Ob und in welcher Menge die Süßstoffe gesundheitsschädlich sind, ist nicht abschließend wissenschaftlich untersucht!
Aber wer sollte an solchen Untersuchungen ein Interesse haben!
Die Industrie? Ganz sicher nicht!

Kommen wir zu einer weiteren große Gruppe unserer Nahrungsbestandteile den Vitaminen.

Hierzu fragt Ham interessiert.
„Sterchen, was erfahren wir denn Interessantes über die letzte große Nahrungsgruppe, den Vitaminen?"
„Nun, hier steht es," kündigt Sterchen vollmundig an und beginnt wieder zu lesen:
Schon viel Jahrhunderte vor unserer Zeitrechnung hat man vermutet, dass es Stoffe von hoher Bedeutung für die Gesundheit geben muss.
Aber erst Anfang des letzten Jahrhunderts haben Forscher damit begonnen unsere Nahrung auf solche Stoffe hin wissenschaftlich zu untersuchen. Diese Stoffe wurden Vitamine genannt.
Von den bis heute bekannten Vitaminen ist ein Teil:
a. Löslich in Wasser, das sind 9 Vitamine.
b. Löslich in Fett, es sind 4 Vitamine.

Was heißt das und wie bedeutsam ist das?

Die wasserlöslichen Vitamine können nur in Nahrung mit einem hohen Anteil an Wasser
oder
in Flüssigkeiten wie:
Wasser, Tee, Kaffee, Alkohol, Milch, Fruchtsäften und anderen wasserhaltigen Getränken aufgenommen werden.
Wenn wir sie über den Darm aufgenommen haben, wird der Anteil, der im Körper nicht genutzt wird, über die Nieren in den Urin entsorgt.
Man kann also wasserlösliche Vitamine nicht auf Vorrat essen oder trinken, um sie in einen Speicher zu überführen.

Anders verhält es sich bei der Betrachtung der fettlöslichen Vitamine.
Diese werden nur in Verbindung mit fetthaltigem Essen aus dem Darm ins Blut und damit in den Körper aufgenommen.
Oftmals kommen sie nur in fetthaltigen Nahrungsmittel vor.
Die im Körper nicht direkt genutzten Vitamine werden nach der Aufnahme in den fettreichen Körperteilen gespeichert und wieder frei gesetzt, wenn es der Bedarf erfordert bzw. der Fettanteil wieder abgebaut wird in denen sie lagern, z. B. während einer Fastenzeit.
Um keine gesundheitlichen Schäden zu erleiden, dürfen wir die fett-löslichen Vitamine nur in einer bestimmten Menge mit der Nahrung aufnehmen. Dies ist abhängig von Alter, Geschlecht, Gewicht und gesundheitlicher Verfassung der jeweiligen Peerson.
Sollten wir das nicht beachten, sind Vergiftungen aufgrund der Depotwirkung möglich.
Aber wir müssen sie mit der Nahrung aufnehmen, da der Körper sie selber nicht herstellen kann.
Hiervon abweichend gibt es eine Ausnahme: das Vitamin D.
Es kann ein Teilbedarf in unserer eigenen Haut durch Cholesterin unter dem Einfluß von UV-Sonneneinstrahlung (UV-B-Anteil) gebildet werden.
Dies ist besonders wichtig in den Wintermonaten ,in denen die Dauer der Einstrahlung und Intensität geringer ausfällt.
Folglich können in geografisch-meteorologisch benachteiligten Regionen Vitamin-D-Mangelerscheinungen auftreten, die man aber durch die Zufuhr von natürlicher Vitamin-D haltiger Nahrung bzw. künstlichem Vitamin D (Tabletten, Kapseln oder Injektionen) ausgleichen kann.

Welche konkreten Folgen hat es,
wenn man zu viele der fettlöslichen Vitamine gegessen hat?
Sollten wir über längere Zeit zu hohe Konzentrationen der fettlöslichen Vitamine unkritisch aufgenommen haben, können heftige Vergiftungserscheinungen mit ernsten gesundheitlichen Folgen auftreten.

Das kann heutzutage leicht passieren, wenn Menschen unkritisch vitaminhaltige Nahrungsergänzugsmittel in fester oder flüssiger Form zu sich nehmen oder grobe Fehler in ihrer Nahrungszufuhr eingehen.

Hier ein sicher selteneres, aber drastisches Beispiel.
Angenommen, wir würden die gleiche Menge roher Seehundleber essen, wie es die Eskimos (übersetzt: Rohesser) seit Jahrtausenden gewohnt sind und problemlos überstehen.
Die Folge für uns hingegen wäre eine schwere Vitamin-A Vergiftung anhand unspezifischer Beschwerden wie:
Kopfdruck, Übelkeit, Erbrechen, Hautveränderungen oder neurologische Zeichen.
Sollten wir einen Arzt aufsuchen, dann käme, aufgrund der sehr unspezifischen Symptome, eine Fülle an Diagnosen in Betracht, aber leider keine Vitamin-A-Überdosierung.
Das soeben Beschriebene kann auch durch eine unkontrollierte Einnahme von vitamin-A-haltigen Medikamenten geschehen. Das Umgekehrte, also der Mangel, kann ebenfalls auftreten. Fehlen die lebensnotwendigen Vitamine dem Körper eine gewisse Zeit, stellen sich ebenfalls ernste Krankheiten ein.
Auch dafür ein Beispiel:
In früheren Zeiten hatten Seeleute, wenn sie oft wochen- und monatelang auf dem Meer waren, weder frisches Obst noch Gemüse im täglichen Speiseplan und folglich keine Möglichkeit, den notwendigen Vitamin-C-Bedarf zu decken.
Die Folge war:
Ihre Knochen wurden bruchgefährdet und Ihnen fielen die Zähne aus dem Kiefer. Das sich daraus ableitende Krankheitsbild nennt sich Skorbut und ist bereits seit dem 15. Jahrhundert bekannt.

Auch heute können solche Mangelerscheinungen wieder auftreten, wenn die tägliche Versorgung mit frischer und vollwertiger Nahrung ausbleibt.

So gibt es folgerichtig für jeden Mangel bzw. jede Überdosierung eines Vitamins ein entsprechendes Krankheitsbild.

Wichtig ist es auch zu wissen,
dass sich die Folgen durch einen Vitaminmangel nicht in jedem Fall wieder zurückbilden. Sie sind abhängig vom Alter bzw. dem Entwicklungsabschnitt einer Person und der Dauer des Mangels.

Auch dafür das Beispiel einer solchen Mangelerscheinung.

Wenn eine Frau in einem bestimmten frühen Abschnitt der 9-monatigen Schwangerschaft zu wenig Folsäure einnimmt, kann es in der Entwicklung der Frucht zu schweren Störungen von Rückenmark und Gehirn kommen.

Auch durch spätere Zufuhr des Vitamins sind die Folgen der Organunterversorgung, wenn überhaupt, nicht ausreichend zu beseitigen. In unseren Breiten sollte diese Formen einer Entwicklungsstörung der Vergangenheit angehören!

Trotz aller Bemühungen sind heutzutage immer noch viele Menschen, nicht nur in unterversorgten Regionen der Welt, sondern auch in Deutschland mit Vitaminen mangelernährt und in der Folge krank oder gefährdet in naher Zukunft zu erkranken.

In unseren Kitas und Schulen darf so etwas keinesfalls vorkommen!

„Man Sterchen", ruft Ham, „stell Dir mal vor uns beiden würden unsere so hamstertypischen, wunderschönen Zähnchen ausfallen, wie wir dann aussähen, au Backe."

„Ja und selbst wenn wir Nahrung mit ausreichend vielen Vitaminen zu uns nehmen", sagt Sterchen mit Ihrem Blick in das Buch,
„hier steht geschrieben, dass mit jeder Weiterverarbeitung von Nahrung, sei es durch Kochen, Backen, Grillen, Einfrieren, etc.,
sich der Gehalt der Vitamine verringern kann."

„Und jetzt hör bitte gut zu Ham. Jetzt komme ich nochmals auf Deine Gummibärchen zu sprechen. Dort steht ja, wie Du gelesen hast „keine Vitamine künstlich zugesetzt".
Das ist doch im Nachhinein gut für Dich und Dein überstrapaziertes, schlechtes Gewissen. Das kann sich jetzt erst einmal ausruhen."

Wir halten fest.
Für Euch, Kinder und Jugendliche ist wichtig:
Ihr solltet Vitamine nur aus natürlichen Quellen essen bzw. trinken.
Was bedeutet das?
Ganz klar,
am besten Ihr esst nachfolgend genannte Nahrung frisch und vollwertig aus der Region:
Obst, Gemüse, Salate, Körner, Getreide und viele andere vollwertige Produkte.

Welche Aufgaben kommen den Vitaminen zu?
Nun, ohne sie läuft im Stoffwechsel nichts. Sie sind an vielen Reaktionen im Stoffwechsel unentbehrlich.

Am besten könnt Ihr Euer Wissen in Fachbüchern vertiefen. Warum? Weil das Geschriebene zuvor mehrfach geprüft ist, was bei Infos aus dem Netz nicht immer garantiert ist.

Es würde an dieser Stelle zu umfassend werden darauf einzugehen.

Nach diesem Schluss-Satz beenden die beiden Hamster wiederum zufrieden den Tag und machen sich schlendernd auf zu Ihrem Hamsterkäfig.

Tag 6 - Samstag

Thema:
Flüssigkeiten, Duft- und Geschmacksstoffe

Schlüsselwörter – key words
Freie und gebundene Flüssigkeit – natürliche bzw. künstliche Farbstoffe, Geruch- und Geschmackstoffe, Wasserbedarf, Kon-servierungstoffe.

Samstag,
der letzte Arbeitstag der Woche und auch das letzte Kapitel in unserem Büchlein und gleichzeitig der letzte Vorlesetag.

Unsere Gold-Hamster haben eine wunderschöne Woche hinter sich, wissend, dass heute leider Ihr letzter Lesetag ist.
Die traurigen Gesichter von Sterchen und Ihrem Bruder Ham lassen es für jeden sichtbar werden.
Beide spüren ein wenig Wehmut, aber auch Stolz und Zufriedenheit in Ihrem kleinen Hamsterherzchen, dies alles geschafft zu haben.
Es verlangt viel Kraft, nicht nur als Hamster, sich eine ganze Woche lang zu motivieren, disziplinieren, konzentrieren, nicht zu streiten und als Lohn dafür so viel gelernt zu haben.
Und was ist der Lohn?
Das ist schnell beantwortet.
Nun sind unsere Hamster und auch Lena kleine Ernährungsexperten, sicherer im Umgang mit der Ernährung, wenngleich noch am Anfang,
aber bereits damit können sie in naher Zukunft anderen Kindern ziemlich viel zur Ernährung beibringen.

Und Ihr Kinder und Jugendliche habt nun auch daran teilgenommen, viel erfahren und verstanden, was zuvor für Euch komplett fremd gewesen ist.

Ham, Sterchen und Lena haben einen Anfang gemacht und durchgehalten. Lena ist ganz besonders stolz auf Ihre treuen Hamster und Sie wird vielleicht jetzt, da die Treffen zu Ende gehen mit Ihren beiden Geschwistern darüber sprechen können. Vielleicht fangen diese ja auch Feuer und wollen mit Ihr zusammen noch mehr über das Thema Ernährung wissen.
Jetzt kann das Geheimnis der Speisekammer ja gelüftet werden. Zurück zum Schauplatz.
Da der Samstag nicht zu den Arbeitstagen zählt, ist der Wochenrhythmus der ganzen Familie unterbrochen und gänzlich anders.
Wie sieht am heutigen Samstag das Tages-Programm der Familie aus?

Zuerst schlafen alle am Samstag-Vormittag länger als sonst, um danach gemeinsam zu frühstücken.

Auch anders als an den Wochentagen ziehen heute vielfältige Gerüche von Kaffee- bis Ofenduft kreuz und quer durch die Wohnung und beißen sich an der Nase von Ham fest.

Dieser reckt seinen „Riechkolben" genüsslich in die Höhe und isst und trinkt quasi in seiner Fantasie bereits am Frühstückstisch der Familie mit.

Das ist das ganz Besondere der Duft- und Geschmacksstoffe. Sie verleihen dem Essen das ganz Einzigartige.

Man kann sagen,

sie sind für das Essen das, was Farben für die Bilder des Malers sind.

Man stelle sich vor, die Nahrung wäre farb-, geruch- und geschmacklos,

was denkt Ihr, wie wir uns ernähren würden?

Man kann es sich ja kaum vorstellen, echt komisch.

Die Natur hätte sich etwas ganz Neues einfallen lassen müssen, damit wir überhaupt eine Auswahl der Lebensmittel treffen.

Aber hier, im Haushalt, mit all den verführerischen Gerüchen, Düften und Farben gibt es eine Essensauswahl aus dem Vollen der Natur.

Und das alles findet sich auf dem fürsorglich gedeckten Frühstückstisch:

Kaffee,Tee, Milch, ofenfrische Brötchen, Brot, Müsli mit Honig, Yoghurt, Butter, Marmelade, auch Wurst und Käse und, und, und.

Keiner, der hier Platz nimmt, kommt zu kurz.

Ausgeschlafen und gestärkt vom reichhaltigen Frühstück gehen die Eltern üblicherweise anschließend in der Stadt, die vielfältigen Besorgungen für das Wochenende und die kommende Woche erledigen.

Die Kinder bleiben meist zu Hause und machen Ihr Ding. Jeder folgt seinem eigenen Rhythmus.

Die gut organisierte Mutter bereitet stets eine Einkaufsliste vor, die dann Zeile für Zeile in den Geschäften abgearbeitet wird. Das alles kann unterwegs richtig dauern, da Sie meist auf dem Rückweg noch einen ganz speziellen Kaffee in einer Kaffeebar trinken und dabei oftmals Bekannte oder Freunde treffen und sich festquatschen.

Die Hamster kennen dieses Ritual aus vielen Wochenenden zuvor. Um auch weiter am heutigen Samstag unentdeckt zu bleiben, müssen sie sich daher ganz früh auf den Weg zur Speisekammer machen.

Schon am Vorabend haben Ham und Sterchen gemeinsam inbrünstig gehofft, dass Ihre geliebte Lena gemeinsam mit ihnen die letzten Seiten des Büchleins beschließt.

Leider gab es keine Gelegenheit, Lena am Vortag beim Füttern darum zu bitten, da sie in Eile war.

Und als hätte Lena dies trotzdem geahnt, steht sie frühmorgens vor dem großen Hamsterkäfig und begleitet die beiden auf leisen Sohlen zur Speisekammer.

Lena verliert jetzt keine Zeit.

Sie nimmt das Büchlein von der Kordel, schlägt die entsprechende Seite auf und schaut den beiden glücklichen Hamster in deren leuchtenden Augen, die erwartungsvoll auf Lena gerichtet sind.

Beide sitzen schon gespannt auf Ihrem dicken, weichen Hintern, mit dem Rücken an das Regal gelehnt und die Pfötchen entspannt auf dem Bauch abgelegt.

Ihre frisch geputzten, hamstertypischen Schneidezähnchen lassen sie sooooo putzig erscheinen.

Beide sind sehr froh über die Anwesenheit Ihrer Lena.

Lena schmunzelt zu diesem wirklich ulkigen Bild und beginnt wie auf Kommando gleich zu lesen:

Das letzte Kapitel des Buches ist überschrieben mit:

Flüssigkeiten,
Duft- und Geschmacksstoffe

Lena weiß,
für die beiden Hamster mit den feinen Näschen gibt es täglich außer klarem Wasser gelegentlich ein wenig Milch, ansonsten keine extra Flüssigkeiten.

Aber sie essen ja auch Salatblätter, Möhren, Obst und anderes Frischgemüse.

„Und in allen Lebensmitteln, die ich gerade aufgeführt habe, ist welcher lebenswichtige Stoff in gebundener Form enthalten?",fragt Lena in die kleine Runde und hält abwartend inne.

Jedoch bleibt die Frage zunächst unbeantwortet, denn Ham ist schon so früh mit seinen eigenen Gedanken abgelenkt. Er hat die Frage nicht gehört und somit den Faden komplett verloren. In solchen Situationen sieht er ziemlich tollpatschig aus.

„Na, dann schauen wir doch mal, was dazu wohl geschrieben steht," merkt Lena an.

Sterchen hat nun doch einen eigenen Gedankenblitz und füllt die entstandene Pause, indem sie ruft „Wasser".

Daraufhin verteilt Lena Ihr ein grosses Lob und fährt nun mit Ihrem Buchtext fort.

„Richtig, in all diesen Lebensmitteln ist viel Wasser enthalten."

„Und wieso läuft das Wasser aus dem Salat nicht heraus, wenn da welches drin ist, das verstehe ich nicht?" ‚fragt Ham erneut sichtlich verstört und meldet sich mit seiner Frage wieder in den Kreis zurück.

Und

so ungeschickt ist ja seine Frage gar nicht.

Man muss dazu eben wissen, dass das Wasser mit vielen verschiedenen Molekülen des Salates chemisch gebunden ist.

„Welche Menge Wasser brauchen wir denn täglich?", fragt Ham erneut.

"Du merkst das von ganz alleine, wenn Du welches brauchst. Du wirst dann durstig. Es sind für Dich nur kleine Mengen an Wasser, die täglich frisch ergänzt werden müssen",

antwortet ihm Lena.

"Hamster wiegen nämlich nur zwischen 120 g (Sterchen) und 200 g (Ham)."

Lena liest weiter:

Der Wasserbedarf von Kindern bzw. Jugendlichen unterscheidet sich gänzlich von dem der Erwachsenen.

„Und natürlich von dem der Hamster," sagt Lena und schaut die beiden eindringlich an, bevor sie fortfährt.

Und selbst unter den Kindern gibt es große Unterschiede. Ihr Flüssigkeits-bedarf hängt von vielem ab.

„Warum?", fragt Ham erneut.

„Hier steht," weil junge Menschen in ihrer Entwicklung seelisch wie körperlich ganz verschieden sind. Sie unterscheiden sich in:

Deren Gewicht, der Größe, dem Alter, dem Geschlecht und dem Umfang ihrer körperlichen Bewegungen im Alltag und beim Sport, etc.

Ferner beeinflussen andere Faktoren den Flüssigkeitsbedarf:

Trockene Außenluft,

die erhöhte Außentemperatur,

oder Fieber.

Von Fieber spricht man, wenn die Körpertemperatur auf 38,0 Grad Celsius und mehr ansteigt. Mit jedem Grad an Temperaturerhöhung benötigen Erwachsene ca. 1 Liter Wasser zusätzlich!

Das sind nur einige wenige Beispiele von Auswirkungen auf den Flüssig-keitsbedarf.

„Und woher wisst Ihr beiden, wann es Zeit ist zu trinken?"

fragt Lena und fährt fort, „nun hier steht":

Verantwortlich dafür ist der Durst. Er lässt es Euch ziemlich verlässlich spüren. Sobald dieses Gefühl sich zeigt, habt Ihr das Verlangen zu trinken.

Das klingt total simpel, ist aber im Körper ein ziemlich komplizierter Vorgang bis der Durst sich in Euch meldet.

Heutzutage wird in der Öffentlichkeit der Eindruck erweckt, dass man ständig trinken soll. Das ist wissenschaftlich aber nicht belegt und von der Natur auch nicht so vorgesehen.

Ihr könnt aber in Tabellen der Lebensmittel-Literatur genau erfahren, welche tägliche Trinkmenge für Euer Alter empfohlen wird

oder

Ihr fragt beim nächsten Besuch euren Kinderarzt, der weiß das ganz genau. Diese folgenden Werte sind eine erste Orientierung.

Empfohlene Wasserzufuhr bei gesunden Kindern nach Alter:

1-4 Jahre:	820 ml
4-7 Jahre:	940 ml
7-10 Jahre:	970 ml
10-13 Jahre:	1170 ml
13-15 Jahre:	1330 ml

Lena weiß das bereits ganz gut. Sie hat mit Ihren 14 Jahren schon mehr Getränkeauswahl als Ihre jüngeren Geschwister und
natürlich viel mehr als die Hamster!

Auch in der Schule ist Flüssigkeit ein Gesprächsthema.
Im schuleigenen Kiosk gibt es eine große Getränkeauswahl:
Smoothies, Milchshakes, verschiedene Mineral-Wasser, Limo, Milch, Kakaogetränke, Fruchtsäfte und weiteres mehr.
Natürlich hält der Kiosk auch vieles von dem zum Kauf bereit, was man heutzutage unter dem Namen „Junkfood bzw. Junkdrink" kennt.
Das sind feste und flüssige Lebensmittel mit viel unnötigem Haushaltszucker oder Zuckeraustauschstoffen bzw. Zuckerersatztstoffen.
Sie alle werden bei der Herstellung künstlich zugesetzt.
„Wir sprachen darüber, erinnert Ihr Euch? Kennt Ihr noch den Unterschied der verschiedenen Zuckertypen?", wirft Lena ein und unterbricht einen Moment, während Ham und Sterchen sich prüfend ansehen und dabei konzentriert überlegen.
Da Lena die Pause bis zu der zu erwartenden Antwort zu lange wird, liest sie den beiden nochmals den Abschnitt aus den Vortagen im Schnelldurchgang vor und fährt dann fort.
Ham und Sterchen empfanden die kurze Wiederholung als eine sehr gute Auffrischung.
Jetzt ist bei beiden das Wissen wieder da und so könnt Ihr Kinder das auch machen. Falls Euch irgendetwas unklar erscheint, bitte ich Euch dies zu klären und danach immer zu wiederholen „bis es sitzt."

Also fährt Lena fort:

Zusätzlicher Zucker in den Getränken bedeutet überflüssige und wenig gesunde Zucker-Kalorien!

Nebenbei bemerkt: Zucker in dieser Form ist auch ganz besonders schlecht für Eure noch jungen Zähne.

Hinzu kommt, dass in kristallinem Zucker keine Mineralien, keine Spurenelemente und (kleine Pause)

auch keine Vitamine enthalten sind!

Ist der Zucker erst einmal gegessen, muss abgebaut werden. Dafür sind Vitamine und andere Stoffe notwendig, die danach an anderen Stellen des Stoffwechsels fehlen.

Die Folge ist:

Wo wichtige Vitamine und andere erforderliche Stoffe fehlen, können gesundheitliche Störungen und damit Fehler im Stoffwechsel auftreten.

Daher betrachtet man Haushaltszucker als einen sogenannten „Vitamin-räuber". Wir erinnern uns. Er enthält nur Energie zweier verschiedener Zuckermoleküle: Glucose und Fruktose.

Er ist ausschließlich Energieträger ohne die wichtigen Begleitstoffe.

Lena senkt wieder Ihren Blick und fährt fort:

In Euren Familien wird in aller Regel das getrunken, was in Deutschland so üblich ist:

Wasser, Kakao, Milch, Tee und Kaffee, frische Fruchtsäfte oder die Eltern trinken abends gelegentlich etwas Alkohol zum Abendessen. Vielfach werden aber von Kindern und Jugendlichen auch zu Hause Getränke verzehrt, die alles andere als gesund und natürlich sind. Dazu zählen besonders solche Getränke, die keine Auskunft darüber geben, welche Inhaltsstoffe und in welcher Menge sie diese enthalten. Bekanntester Vertreter hierfür ist Coca-Cola.

Ist das nicht seltsam, dass Ihr das trotzdem trinkt?

Angenommen, irgendjemand würde Euch unterwegs ein Getränk anbieten, von dem Ihr nur wisst, es schmeckt recht lecker, aber Ihr wisst nicht, was es enthält. Würdet Ihr das Getränk trinken?

Bestimmt nicht!

Aber genau das macht Ihr, wenn Ihr dieses und andere Getränke konsumiert.

Um es nochmals ganz deutlich zu sagen:

Den täglichen Wasserbedarf kann man über feste und flüssige Nahrung decken. Wasser kommt eben nicht nur flüssig, sondern auch gebunden in unserer Nahrung vor:

Im Obst, Gemüse, Salat und in weiterer fester Nahrung ist viel Wasser enthalten. Hierzu ein weiteres Beispiel:

Ein Apfel besteht zu ca. 85 % nur aus Wasser, daher gilt er auch nicht nur in der warmen Jahreszeit als sehr durstlöschend.

Und warum ist Wasser so wichtig? Das ist schnell erklärt.
Der Mensch besteht bei der Geburt zu etwa 95 % ! aus Wasser, im Alter zu 70 %.
Ihr seht daran, wie wichtig Wasser für unseren Körper ist.
Wasser, fährt Lena fort, ist neben Sauerstoff das Zweitwichtigste, das uns die Natur zum Leben, besser gesagt zum Überleben zur Verfügung stellt.
Warum ist das so?
Nun, ohne Sauerstoff, Ihr erinnert Euch, sind wir schon nach wenigen Minuten erst bewusstlos, dann tot.
Ohne Wasser wären wir nach wenigen Tagen tot!
Wir können genauso „austrocknen" wie eine Blume ohne Wasser. Das Gleiche gilt für Pflanzen generell und alle Tiere.
Eine besondere Form von Wasser ist das Trinkwasser, wie Ihr es von zu Hause kennt. In Eurer Gemeinde ist es regelmäßigen Kontrollen ausgesetzt, um auszuschließen, dass es Schadstoffe und Krankheitserreger enthält.

Trinkwasser enthält aber neben Wasser noch die bereits erwähnten Mineralien, die in ihm natürlicherweise bereits gelöst sind.
Aber auch Trinkwasser kann verunreinigt werden. Nämlich durch schadhafte Stoffe in den Wasserrohren, durch die es fließt.
Aber zurück zu den anderen natürlichen Getränken und deren Vorteile.
Ein zu Hause frisch gepresster Orangensaft enthält außer Wasser zusätzlich: Vitamine, Spurenelemente, Mineralien, Geschmacksstoffe, Farbstoffe, Pflanzenfasern, also Ballaststoffe und Fruchtzucker (Fruktose).
Alle Stoffe sind unveränderter, gesunder, vollwertiger Bestandteil der Frucht und werden nicht künstlich zugesetzt. Man sagt dazu: pure Natur.
Das ist der Unterschied zu den künstlichen Produkten der Industrie.

Aber Vorsicht:
Es werden auch Getränke verkauft, die genauso aussehen, riechen und schmecken, wie ein soeben beschriebener Fruchtsaft. Es kann sogar vorkommen, dass die Werbung zur Täuschung der Kunden das Bild der Frucht verwendet, nach der das Getränk schmecken soll. Das Getränk enthält aber nur Trinkwasser
und
chemisch, also künstlich hergestellte und zugesetzte Stoffe, die den Geschmack und ggf. die Farbe der Frucht vortäuschen.
Sie verleihen dem Getränk einen „Kunst-Geschmack", einen „Kunst-Geruch" und geben ihm in etwa die gleiche Farbe, wie der beworbenen Frucht.
Heute sagt man zu einem solchen Geträn: Fake.

Die Kunden, also Ihr, soll in die Irre geführt werden. Aber nicht mehr lange. Das kann Euch jetzt nicht mehr passieren. Ihr wisst es jetzt besser!

Künstliche,
also nicht natürliche Zusätze, die
den Geruch,
den Geschmack (süß, sauer, salzig, bitter, umami = japanisch: köstlich),
und das Aussehen (Farbe) manipulieren,
sind in ihrer Schädlichkeit nicht hinreichend untersucht.
Gerade daher ist Vorsicht geboten!
Auch hier sei nochmals erwähnt:
Der Verzehr führt nicht direkt zu gesundheitlichen Problemen. Aber wer weiß schon, was damit Monate oder Jahre später im Körper geschieht? In Eurem noch jungen Alter sind die Zellen sehr anfällig!
Es ist daher besser auf das Label und die aufgedruckten Produktangaben zu achten.
Was Ihr nicht wisst, könnt Ihr jederzeit „googeln".
Ihr seid ja nun fast schon Experten. Was Euch dennoch unklar bleibt, sollte zur Vorsicht Anlass geben.
Am Besten ist es aber, Flüssigkeiten bei deren Herstellung so natürlich wie möglich zu belassen.

Wenn Ihr also unterwegs einen abgefüllten Grapefruitsaft kauft, muss der Hersteller auf dem Etikett angeben, was die Flasche exakt enthält und ferner dafür sorgen, dass sich der Saft in der Flasche möglichst lange nicht verändert. Stichwort Haltbarkeit!
Das heißt,
dass seine natürlichen Inhaltsstoffe möglichst lange unverändert bleiben sollten.
Um das möglichst lange zu gewährleisten, werden bei der Produktion manchen Getränken nicht natürliche Stoffe zugefügt, die genau dies zum Ziel haben.
Sie werden Konservierungsstoffe genannt.
Auch darüber lässt sich hinsichtlich der möglichen Schädlichkeit streiten.

Ein gutes Beispiel für ein leckeres Naturprodukt ist der Kaffee. Kaffee schmeckt unverwechselbar wie Kaffee, auch wenn es verschiedene Sorten gibt und Sorten gibt es auf den Kontinenten wie Sand am Meer.
Zwei ganz wesentliche Unterschiede in den Anbauregionen bestehen darin, dass Kaffee im Flachland wie auch im Hochland angebaut wird.

Das gilt auch für Tee, obwohl man von Tee nur dann spricht, wenn er aus den Blättern des Teestrauches hergestellt ist.

Alle anderen Getränke müssten wir Heißgetränke nennen. Sie werden aber fälschlicherweise ebenfalls als Tee bezeichnet.

Solche Heißgetränke werden ganz nach deren Geschmack benannt.

Sie heißen: Apfel-, Zitronen-, Blüten-, Früchte- und Gesundheits-Tees.

Sie werden aus Pflanzenteilen wie Blätter, Rinde oder Wurzeln hergestellt, und können frisch, getrocknet oder zu Pulver verarbeitet sein.

„Gesundheitstees" können auch medizinisch genutzt werden. Ihr alle kennt bestimmte Tees wie:

Kamillen-, Pfefferminz-, Brombeer- oder Ingwer-Tee und viele andere Sorten mehr.

Sicher habt Ihr diese bereits zu Hause bekommen, als Ihr kränklich ward.

Nochmals,

wir alle brauchen aber zum Überleben täglich ausschließlich reines, hygienisch einwandfreies Wasser.

Das bedeutet hygienisch sauberes Trinkwasser, keimfrei von:

Viren, Bakterien, Parasiten, Würmern etc. und ohne jegliche Rückstände von schädlichen Stoffen!

Während sie dies liest, holt Lena erst einmal tief Luft und sagt nach einer kleinen Pause.

„Ich glaube, das muss ich auch mit meinen kleineren Geschwistern besprechen und vielleicht ist dieses Thema ja auch mal was für die ganze Familie, wenn man gemeinsam einkaufen geht".

Lena gibt aber gleichzeitig zu bedenken, dass sie vorsichtig vorgehen muss, da bisher niemand vom Rest der Familie von der „Speisekammer-Hamsteraktion" etwas weiß.

„Ich muss ein so delikates Gespräch besonders geschickt einfädeln."

Ham und Sterchen nicken zeitgleich verständnisvoll mit den Köpfen, sodass erneut die feinen Mundhaare zu schwingen beginnen.

Lena freut sich über die Zustimmung und fährt fort:

Kinder und Jugendliche, ich lege Euch allen ans Herz, Euch einmal gründlich über unser Trinkwasser näher zu informieren. Trinkwasser ist so wichtig und in der Zukunft kann es sogar zum teuren Luxusgut werden. Weltweit haben sehr viele Menschen keinen Zugang zu Trinkwasser!

Für viele Millionen Menschen, vielleicht schon für eine Milliarde! Menschen ist es jetzt gerade schon ein zu teures Gut.

Aber zurück zu unserem Körper.

Wo kommt denn Wasser überhaupt in unserem Körper vor?

Da sind u. a. zu nennen:

Das Blut, die Gelenke, es kommt im Rückenmark vor, im Auge, im Gehirn, zwischen den Zellen, im Nieren-Blasensystem.
Ene kleine Menge Wasser, das sog. Oxidationswasser, entsteht beim vollständigen Abbau von Zucker im Körper.
Wie wir bereits gehört haben sind die beiden Endprodukte des Zuckerabbaus: CO_2 und Oxidationswasser.
Das sind keine großen Mengen an Oxidationswasser, aber es handelt sich um eine Eigenproduktion vom Feinsten, die im Körper Wiederverwendung findet. CO_2 wird über die Lungen in die Umgebung ausgeatmet.

Eine wichtige Frage ist auch die folgende:
Was passiert denn, wenn wir zu viel Wasser getrunken haben?
Es gibt Messvorrichtungen an unterschiedlichen Stellen im Körper, sogenannte Rezeptoren, die ein zu viel an Flüssigkeit registrieren und Gegenmaßnahmen einleiten.
Ist genau das passiert, dass wir zu viel Flüssigkeit zu uns genommen haben, dann können wir diesen Überschuss an Wasser unmittelbar über unsere beiden Nieren als Urin entsorgen.
Eine weitere Menge Wasser geben wir mit jedem Atemzug über die Lungen ab! Die Atemluft in den Alveolen der Lunge ist mit einer relativen Feuchtigkeit von 100 % bei 37°C wasserdampfgesättigt. Das entsprechend einem Wassergehalt von 44 mg Wasser pro Liter Luft.

Ferner verlieren wir Wasser über die Schweißdrüsen unserer Haut und auch in geringer Menge mit dem Stuhl.

So liebe Kinder und Jugendliche,
damit sind wir am Ende dieses Buch angelangt.
Bestimmt habt Ihr das Thema Ernährung für Euch nicht abgeschlossen, denn es hat eigentlich kein Ende.
Aber
mit dem hier Gelesenen seid Ihr ein ganzes Stück besser informiert.
Es bleiben viele Fragen zum einen oder anderen Thema offen, die von mir inhaltlich nur gestreift wurden, aber es liegt nun an Euch, mit den Grundlagen dieses Büchleins Wissenslücken zu füllen.

Wenn Ihr wollt, könnt Ihr dieses Buch in Eurem Alltag benutzen und vielleicht sogar mit Notizen ergänzen, wenn Ihr unterwegs einkauft.
Dafür habe ich für Euch die jeweils freien linken Seiten vorgesehgen!

Also, Euch allen vielen Dank für die Geduld sowie Euer Durchhaltevermögen und Aufmerksamkeit.
Viel Spaß weiterhin.

„Ja liebe Lena auch wir beiden danken Dir ganz herzlich fürs Vorlesen, Deine Freundschaft und Verschwiegenheit," ruft Sterchen verzückt und schaut Ham und Lena ganz liebevoll an. Ham kann vor lauter Rührung gar nichts sagen und verdrückt sich gerade ein Tränchen, bevor es zu kullern beginnt.

„Eine kleine uneigennützige Bitte haben wir aber noch Lena," sagt Sterchen ein wenig beschämt.

„Und was wäre das?", fragt Lena neugierig.

„Kannst Du für uns beide von eurer Naschnahrung aus der Speisekammer ein kleines Päckchen zusammenstellen? Wir freuen uns schon die ganze Woche darauf, am morgigen Sonntag im Hamsterkäfig eine kleine „Naschorgie" zu feiern."

„Ja klar, mach ich.
Ich bringe Euch später alles vorbei, dann braucht Ihr es nicht zum Käfig zu schleppen",
schließt Lena zufrieden und begleitet die Hamstern zu Ihrem Käfig.

Tag 7 - Sonntag

Thema:
Erholung und das Essen genießen

Schlüsselwörter – key words
Erholung – und das Essen genießen

Im Dorf läuten die Kirchenglocken, es ist Sonntag.
Ham erwacht im „Hamsterbungalow" und hat ein ganz besonderes Glänzen in seinem niedlichen Hamstergesicht.
Um das noch zu steigern, fängt er an, sich mit beiden Pfoten das Gesicht zu wischen, zu putzen, sich feinzumachen für den heutigen, ganz besonderen Tag:

Sonntag, den Ruhetag.

Er weiß,
dass er gleich zusammen mit Sterchen, die noch tief schläft, gemeinsam ausgiebig frühstücken wird.
Beide haben sich dafür etwas ganz Besonderes vorgenommen, quasi ein Novum oder eine Uraufführung, wenn es ein Theaterstück wäre, aber es ist ja süße Realität.
Mit der fürsorglichen Unterstützung von Lena finden beide ein extra für sie zusammengestelltes Hamster-Frühstücksbuffet vor. Auch optisch hat sich Lena sehr viel Mühe gemacht und alles wunderbar hergerichtet.
Denn
das Auge isst mit!
Ham stibitzt sich ein Stückchen frisch geschälter Möhre und einige Blätter vom Feldsalat. Das laute Schmatzen und wiederholte Kaugeräusch lassen Sterchen die Hamsteraugen aufschlagen und erwachen.
Sie hat Ham sofort im Blick und ist im nächsten Moment wie auf einen Knall wach, steht auf Ihren beiden Hinterbeinen, um ohne Zeitverzug lustvoll in den Futterreigen einzusteigen.
Beide wissen, dass Lena ihnen Lieblingssalate und verschiedene verlockende Gemüsesorten, etwas Käse, Linsen und für jeden ein Leckerchen aus Samen-Cookies ausgesucht hat .
Um beide glücklich zu machen, hat sie alles sehr lecker und schmackhaft ausgewählt und dekoriert.
Auf ein Zettelchen hat Lena alle wichtigen Begriffe nochmals aufgeführt, die in der vergangenen Woche eine Rolle gespielt haben.
Und das wird jetzt zum Frühstück geboten:

Viel Wasser,

pflanzliches Eiweiß, Fett, Kohlenhydrate,
Mineralien,
Vitamine,
Spurenelemente,
Ballaststoffe,
Geruchstoffe,
Geschmacksstoffe,
Farbstoffe.

Alle Begriffe haben Ham und Sterchen aus dem lehrreichen Vorlesebuch,
"Die Wunderwelt der Ernährung"
in der zurückliegenden Woche gehört und gelernt. Beide wissen jetzt tatsächlich um deren Bedeutung.

Als kleine Überraschung und Highlight hat Lena auch noch einige Nüsse „im Angebot" als da sind:
Walnüsse in der Schale, Haselnüsse geschält und Paranüsse auch mit der ganz besonders harten Schale.

Von den sehr kalorienreichen Nüssen abgesehen, die viel Fett und Eiweiß enthalten, umfasst das Frühstück nur wenige Kalorien.
Alles ist zu 100 % naturbelassen und daher sehr, sehr gesund.
„Ach, was haben wir es gut", rufen beide Lena zu, als sie zu Besuch kommt und bedanken sich mit fröhlichen Gesichtern.
Lena hat bereits etwas gefrühstückt und sieht nun den beiden Hamstern beim Essen und Genießen zu. Es wird ihnen auch über den Sonntag hinaus zusätzliche Nahrung sein.

Und Lena hat noch eine Überraschung bereit.
Sie hat Ihren Geschwistern bereits von dem Buch erzählt.
Sie waren begeistert.
Nun werden sie gemeinsam das Wissen zur Ernährung miteinander teilen und lernen.
Wie schön!

ENDE der Story

Seite 1 Notizen:

Seite 2 Notizen:

Seite 3 Notizen:

ENDE

Autoren-Kurzbiographie

Dr. med. Manfred Rist
ist Facharzt für Allgemeinmedizin,
Sportmedizin, Naturheilverfahren, Akupunktur.
Er arbeitete an
der Universitätsklinik zu Köln, der Deutschen Sporthochschule zu Köln,
hat bundesweit als Arzt-Praxisvertreter gearbeitet.
Er arbeitete ferner als Schiffsarzt für die Hapag-Lloyd Cruises.
Von 1993 bis 2013 arbeitete er in seiner Praxis in Köln.

Liebe Kinder, liebe Jugendliche!

Ihr wollt mitreden können beim Thema Ernährung?

Ihr wollte Experten werden, die wissen was Sache ist?

Ihr wollt Euren Körper in Top-Ernährungsform bringen?

Mir ist daher wichtig,

dass Ihr mit diesem Buch lernt, auf spielerische Art eigene,

kluge Entscheidungen zu treffen:

wann, wie und warum Ihr eine bestimmte Nahrung zu Euch nehmt.

Ihr könnt Euch das Buch von Erwachsenen vorlesen lassen

oder mit Geschwistern, Freundinnen, Freunden

die Fahrt aufnehmen ins Land der Nahrung.

Auf jeden Fall redet mit anderen darüber.

Es lohnt sich für Euer Leben, Ihr werdet es erleben.

Viel Vergnügen, Euer

Dr. med. Manfred Rist